CONTENTS

世界末日還有貓

Armageddon and Cats

豆豉
哥哥
瞳瞳
豆花
豆腐
夕夕
妹妹
豆奶
僖僖

人類的文明到此為止，
但貓的文明正式開始。

Human civilization ends,
cat civilization begins.

PROLOGUE I 序章 I

二零一九年，COVID-19在湖北省武漢市首次被發現，在之後的日子迅速蔓延至全球多國，成為了人類歷史上其中一次大規模的流行病。

截至二零二二年五月，全球確診個案已經到達520,561,518人次，而死亡個案為6,288,296人次，即是說，接近一個香港人口的人數，在這次的疫情中死去。

直至各國的疫苗出現，當然，疫苗不可能讓人類完全不感染，不過，至少可以讓人類有錯覺「比較不會容易被感染」。

Delta病毒之後，又再出現了變種的Omicron病毒，人類不斷不斷打疫苗……打疫苗……打疫苗……

不久後，全球八成以上的人口已經注射疫苗，世界與經濟活動又再次回復。

人類得以繼續……「破壞地球」。

不，是人類得以繼續繁榮生活。

不過，人類從來沒想到在某年的某一天，比COVID-19、Omicron更可怕，可怕一千倍、一萬倍的新病毒再次出現於人類的文明社會中。

只用了數天時間，摧毀了……

人類的文明。

……

‥

．

荃灣某商業大廈工作室。

「呵欠～」

我從書桌醒來，才發現已經是天亮。

「又趕稿趕到睡著了。」我搓搓眼睛，然後看著落地玻璃外的藍天白雲：「又是一天的開始，呵欠～」

自從有了自己的出版社，工作量變得非常大，在工作室睡著已經不是第一次，所以在洗手間我已經準備了牙膏牙刷，睡醒之後就去梳洗，然後就是新一天的工作。

我朦朦朧朧間走入了洗手間，開始刷牙。

「奇怪……今天這麼安靜？」我想起了我工作室內九隻貓。

平常日子，大多數都是牠們四處走、吵醒我的，今天卻沒聽到牠們的聲音。當我關上洗手間的門時，牠們就會在門外叫著，因為，我出來後一定會給牠們零食。

我有想過根本就不是牠們在掛念我，而是想我快點出來給牠們零食。

「衰貓，嘿。」

養貓的人都會知道，無論那天是過得有多不快樂，當想起牠們奇怪的舉動與表情，就會無意間會心微笑。

我們給牠們一個舒適的生活，同時，牠們亦帶給我們由心而發的快樂。

我愈想愈奇怪，我把洗手間的門打開，看看牠們都在做什麼。

「發……發生什麼事？！」

我是不是在發夢？！

我想我人生之中，沒有任、何、一、件事會比這更驚訝！

沒有任何一件事會比現在我眼前的畫面更意想不到！！！

我的……

九隻貓全部消失了！！！

不，這不是最讓我震驚的，最讓我震驚的是……

多了九個沒穿衣服的人在我的工作室之內！！！

「發……發生什麼事？」我重複地說：「我在發夢嗎？」

他們九個，有的睡在沙發上、有的睡在地上，甚至是睡在貓架之上！

「你們……你們是什麼人？我的貓呢？」我拿著牙刷的手在震。

此時，其中一個棕色頭髮，樣子英俊的男人起了身，他睡眼惺忪看一看「定時出貓糧機」，然後看著我說：

「奴才，糧呢？糧機沒有出糧呀！」

PROLOGUE II 序章 II

什麼？！沒有糧？

他給我的第一個感覺，除了是震撼，還有……熟悉！

「夕……夕？」我潛意識說出了我領養第一隻貓的名字。

「你是不是眼睛有問題？我當是大佬夕！」他指著自己。

然後我……大叫起來！

瘋狂大叫起來！

我曾經寫過一本作品叫《我不想做人》，故事就是說一隻貓變成人類的故事，沒想到……現在竟然真的發生了！

我的驚叫吵醒了其他的「貓」，不，是其他「人」。

「發生什麼事？」

「吵醒我了！笨蛋！」

「奴才又在發瘋了，不用理會他！」

我眼前九個裸體的男女，全部一起看著已經嚇到坐在地上的我。

「夕夕……僖僖……哥哥……妹妹……瞳瞳……豆豉……豆花……豆奶……豆腐……」我讀出了我九隻貓的名字。

「他是不是傻了？認不出我們嗎？」

「我都說人類是最愚蠢的生物。」

「你們……你們……」我瞪大眼睛說：「全部變成了人？！」

此時，牠們看看自己的身體。

「哈，為什麼沒有了毛！」

「真的！我們變成人了！」

「我高了很多！嘻嘻！」

他們的表情很高興，好像只有我一個人在驚慌似的。

「究竟……發生了什麼事？！」我不斷搖頭。

此時，工作室的落地玻璃傳來了撞擊的聲音……

不只是一下撞擊，而是不斷出現撞擊玻璃的聲音！

我立即走到落地玻璃前看，撞擊的聲音是來自天上的雀鳥，牠們就像雨水一樣，從藍藍的天空掉下來！

數目之多，就像是一場黑色的暴雨一樣！

他們九個一起走到玻璃前看！

同一時間，我俯瞰三條馬路的車全部都停在高速公路上，沒有任何一輛車在移動，而且……街上完全沒有人！

「我在……看電影嗎？」

我的腦袋中已經一片空白，除了我的九隻貓變成了人，在外面的世界，究竟發生了什麼事？！

「孤。」夕夕走到我身邊搭著我的膊頭：「你先冷靜下來，我們再從長計議。」

如果他是一個陌生男人，赤裸著這樣跟我說，我一定把他推開。不過，他給我的感覺非常熟悉，就像是一個我認識多年的兄弟一樣，反而讓我安心下來。

如果他真的是大佬夕，我們已經一起生活了多年，他的確就像我的兄弟一樣。不只是他，其他貓都是跟我一起生活，他們都給我一種……

「一家人的感覺」。

然後，我看著他們九個。

「好吧，我已經冷靜下來。」我呼出一口大氣：「不過，你們還是先穿上衣服，我們再談吧！」

「我不喜歡穿衣服！」其中一位有異色瞳的女生說：「才不要！」

左眼是黃、右眼是藍，不難想到，她就是高傲又任性的瞳瞳。

我不太敢正視沒有穿上衣服的她們：「別任性！總之現在妳們要穿衣服！」

「為什麼？」

「因為……」我搖搖頭說：「你們已經不是貓，而是變成了……人類！」

變成了你們口中……

愚蠢的人類。

……

…

．

一切來得太突然……

一切也像夢一樣……

一切來得太意想不到……

世界末日還有貓
正式開始

CHAPTER 01

孤貓

LWOAVIE CAT

CHAPTER 01 孤貓 LWOAVIE CAT 01

孤泣工作室內。

「真不知道你為什麼叫我們做……孤貓。」

「就是了，孤獨的貓嗎？很難聽！」

「什麼 LWAOVIE CAT，我也不懂得讀這個英文名！」

他們站在我面前，已經穿好了衣服，衣服都是我與女同事留在工作室的。我看著他們九個，就如發夢一樣，九隻貓變成了九個人……嘿，我只能苦笑，然後苦笑。

他們做貓的樣子跟變成「人類的外型」有些相似的地方：黑白貓的哥哥，瀏海一部分是黑色，一部分是白色；橙貓妹妹和僖僖，頭髮都是橙黃色的，只是妹妹的髮尾部分是白色的；黑貓豆豉，頭髮是黑色，而皮膚是古銅色；擁有「異色瞳」的白貓瞳瞳，雙眼一黃一藍的特徵保留下來；白貓豆奶，跟媽媽瞳瞳一樣，有一頭白色的頭髮；長毛白貓豆腐，白色的頭髮特別長，長度來到臀部；

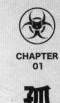

三色貓豆花，頭髮是棕色的，牙齒也跟貓時的她一樣非常潔白。

如果他們不是貓，也許，別人誤會他們是新晉的韓國男女子組合，每個都是俊男美女。

我第一隻領養的貓是夕夕，所以大家都會叫他大佬夕，然後就是在大牌檔被棄養的僖僖，之後就是哥哥與妹妹一起領養，最後就是瞳瞳與豆豉。

瞳瞳與豆豉生了三隻貓女，她們就是大家姐豆花、二家姐豆奶與三妹豆腐。

性格方面，他們也跟做貓時很相似，夕夕給人大哥的感覺，僖僖什麼也不怕，哥哥膽子很小，妹妹總是依靠在夕夕身邊，瞳瞳高傲，豆豉很安靜，比較少說話。

三姊妹的性格也很像做貓時，豆花很愛撒嬌，而且身形都比較矮小；豆奶樣子呆呆的，眼神楚楚可憐，眼睛好像懂說話似的；豆腐好奇心很強，就像一個單純的傻大姐一樣。

而他們的年齡，看上去也跟「貓人的年齡換算表」差不多，夕夕看似是三十多歲的大哥哥，僖僖像比較成熟的大姐姐，而哥哥、妹妹像二十六七歲的男女，瞳瞳、豆豉兩公婆像二十三四歲的年輕夫妻，豆花、豆奶、豆腐三姊妹就像是十多歲的年輕少女一樣。

他們一直在數著我的不是，也許，這是他們做貓時平常的對話，只不過，現在我聽得懂了，嘿。

看著他們九個人，我還是未能接受我家的九隻貓變成了人類，不過，心中有一份幸福的感覺。

「嘿。」我不禁微笑。

「孤，你在笑什麼？」僖僖問。

「沒有沒有。」我說：「只不過我覺得太神奇了，而且……有點感動。」

我拍拍豆花的頭。

「爺爺的手掌好像變小了！」豆花可愛地笑說。

瞳瞳與豆豉是我的「女兒」與「兒子」，所以豆花會叫我「爺爺」。

「只是妳變大了。」瞳瞳媽媽說。

「是我們都變大了！」豆豉爸爸說。

「不過我現在還是先要收起這份感動！」我看著手機：「因為這個世界不知道發生了什麼事！」

手機沒有網絡，電視沒有畫面，電腦也沒辦法上網，完全跟外界隔絕。不只是這樣，馬路上的車全部停駛，而且一個人也沒有出現，感覺就像變成了某些世界末日的電影情節一樣。

「現在我們怎樣辦？」妹妹躲在夕夕的身後。

「我們會不會被人捉去做實驗？」哥哥驚慌地說。

「連一個人也沒見到，誰會捉你去做實驗？」夕夕指著我：「現在最重要的是弄清楚發生了什麼事？」

此時，我看著豆奶與豆腐兩姊妹，她們看著我架上的杯麵。

「我一直也很想吃啊。」呆呆的豆奶用手指點著自己的小嘴巴。

「對！爺爺一直也不給我們吃這個！」長髮的豆腐扁著嘴說。

我看著她們苦笑：「好吧，既然妳們已經變成了人，就給妳們吃吧！」

「好啊！」

杯麵對於人類來說，只是很普通的食物，不過對於貓，簡直是最期待的食品！

九隻貓高興地歡呼。

不，是九個人高興地歡呼。

自從他們變成人類後，貓糧已經不能滿足他們，他們要跟我一樣吃人類的食物。

能夠跟他們溝通以後，我可以直接問他們問題，這樣方便多了。原來，他們的腦海中，已經植入了「人類」的智慧與基本知識。

比如他們知道電視機是用來看各種節目，手機是用來聯絡其他人。他們也知道杯麵是用熱水沖，甚至知道如何去洗手間，他們再不會用貓砂。

我問他們是怎樣知道，他們說變成人類後就懂得。這個問題其實很有趣，就如問我們人類為什麼懂得行街睇戲食飯等等，其實，不也是生來就學會嗎？

他們甚至懂得加減剩除等等簡單的數學，還有天空中有雲、車可以用來代步、足球越位、相機用來拍照等等常識，不過，有時他們會忘記自己已經變成了人類，會舔手、會磨手指甲，還有，用手臂梳頭髮。

他們九個人已經變成真正的人類，不過，還是留有貓的某些特性。

吃飽了以後，他們都在休息，這方面跟貓根本沒兩樣，貓就是吃玩睡的生物。

「豆豉，你在做什麼？」我走向他。

他手上正拿著一本我的作品《別相信記憶》。

「我一直也想看看你寫的書，不過我看不懂。」豆豉說。

「現在呢？」我問。

「沒問題，我看得懂中文字！」

「真的是太神奇了！」我拍拍他的肩膊說：「你是第一位貓讀者！」

「原來你把我們寫成這個樣子！」豆花拿著一本《假如失去了你們》，這是我幫他們出版的貓圖、文集：「原來你叫我波子頭，就是因為我的頭像波子一樣圓！」

「哈哈！妳現在才知道嗎？不過，妳現在不是波子頭了！」我笑說。

「直至一天，我老了，再在天國上找你們，到時，我再做你們的奴才吧，好嗎？」豆腐讀著書中的句子：「爺爺，你好肉麻！嘻嘻！」

「多毛，妳別多事吧！」我拿開她手上的書，因為豆腐還是貓時，是一隻長毛貓，所以我叫她多毛。

「給我！我要看！我要看！」

其實……真的有點肉麻，不過，他們根本就不知道，我有……

多愛他們。

他們是我的家人。

唯一的家人。

「等等！」我突然想到一個非常重要的問題：「我剛才沒有看清楚！」

「什麼事？別要嚇我！」哥哥說。

「我已經幫你們全部絕育了，你們……」

我還未說完，夕夕、哥哥、豆豉立剛打開褲頭看看。

「還在！」夕夕大叫：「沒事！」

「對！完全沒問題！」豆豉高興地說。

「而且很『雄偉』！」哥哥自信地說。

「哈哈！太太太太好了！」我高興地笑說。

我們又笑作一團。

還好，其實我一直也覺得要他們絕育這件事，是我對不起他們，一直耿耿於懷。不過，絕育對貓來說，是一件非常重要的事。

「好了！好了！」大佬夕站了起來：「現在我們也不能坐以待斃，出發吧！」

「出發？去哪裡？」曾是流浪貓的哥哥說：「出面的世界很危險！」

「的確是。」曾在大牌檔生活的僖僖說：「不過，我覺得可以出外面世界看看，比留在這裡會更好，而且食物也不夠了吧。」

僖僖泡了茶，把杯子遞給我，她跟做貓時一樣窩心。

「謝謝。」我說。

「我也認同僖僖的看法，就出去了解一下發生什麼事，可能會看到其他人與貓也說不定。」豆豉說。

「我……我不想去……好像很危險……」哥哥說。

夕夕用力搭在哥哥的肩膊說：「哈哈，哥哥，別這麼膽小！你為什麼跟做貓時一樣的！」

「哥哥就是這樣性格的貓，不，是這樣性格的人。」瞳瞳說：「無膽鬼！」

「無膽鬼！無膽鬼！」頑皮豆腐對著哥哥扮著鬼臉。

「豆腐，妳別要這樣！」比較斯文的豆奶說。

「這樣吧……」夕夕說：「就由孤你決定要不要出去。」

「我也覺得是由你決定。」樣子可憐的妹妹說。

然後，他們九個人一起看著我。

我嗎？

平時又不見你們這麼聽話？嘿，好吧。

我想了一會，然後說。

「所有男生一起跟我出發！夕夕、哥哥、豆豉，我們就一起來一場冒險之旅吧！」

CHAPTER 01

孤貓

LWOAVIE CAT

03

「我也想去！」信信說：「你現在性別歧視嗎？」

「哈，妳也懂得性別歧視這個詞彙？」我高興地說：「信信，大佬夕以外最大的是妳，我要妳好好看著其他貓，不，是其他人，妳知道妳的責任很大嗎？」

她想了一想。

「好吧！我留下來！」

他們「做人」還未夠深資歷呢，簡單的說話已經可以說服他們了。

「我們不會出去太久，在附近看看就會回來。」我跟他們說：「我只想看看究竟發生了什麼事！」

我們四個男人準備出門，其實也沒什麼準備，不過，夕夕非常興奮，因為他還是貓時，最喜歡走出走廊。

「我真的不想去。」哥哥說。

「你這個宅男，也變成人了，就出去走走吧。」豆豉說。

「你不也是宅男嗎？」哥哥說：「別只說我！」

他們兩個還是貓時已經經常打架，不過，也都像是小朋友吵架一樣罷了。

「好了好了！」我一左一右搭著他們的肩膊，然後擁入我懷內：「你們九個也是宅貓，因為我根本不會讓你們出街！哈哈！現在你們已經變成人了，別要怕！就當是去玩吧！」

「好！我喜歡！」夕夕高興地說。

「夕，你開門吧。」我說。

他看著門柄，然後伸手打開大門，夕夕是第一次自己打開這道厚厚的木門。

「你們要小心。」妹妹說。

夕夕給妹妹一個讚的手勢。

我們四個男生走出了走廊，走幾步向右轉就是長走廊，在長廊的遠處竟然有一個男人正在等升降機！我們終於見到第一個人！

「你好！」我快速走向他。

奇怪地，他沒有任何反應，只是低下了頭，我再走近了他：「先生，我想知道你手機是不是沒有網絡？」

他還是沒有反應。

我回頭看一看他們三人，給他們一個無奈的表情。沒想到他們第一次變成人後，除了我以外看到的第一個人類，卻是如此冷漠，真不想讓他們知道人類其實是世界上最「可怕」的物種。

「孤……」夕夕皺起了眉頭：「有點不妥……」

豆豉用鼻子嗅嗅：「不是……不是人類的味道……」

「你們說什麼？嘿。」我看著他們微笑：「我知道我知道，你們才做了一天人，不知道人類就是這麼冷漠的生物，但……」

「我們不是說這個……」哥哥的表情十分驚慌。

突然！

夕夕快速跑向我！

我下意識回頭看！

那個男人抬起了頭！他的眼白變成了鮮紅色，而瞳孔變成了黃色，臉上的皮膚已經腐爛，嘴角還流下血水！

他衝向我，準備向我攻擊！

夕夕把我推開！那個男人的攻擊落空！

「快……快回去！」哥哥大叫。

他跟豆豉立即把我扶起，我們四人快速跑回工作室！

「開門！開門！」夕夕用力拍打大門。

我在轉角探頭看著走廊的那個男人，他用短跑的速度衝向我們！

「快！快開門！」哥哥用力地拍門。

瞳瞳打開大門：「發生什麼事？！」

我們四人立即躲回工作室！

「快關門！快！」豆豉大叫。

就在瞳瞳關上大門之際，一隻手從門隙中伸了進來！

我們四人一起用力擋著大門！四人的體重加起來壓下去，那個男人的手被門夾斷！

我們關上了大門，終於安全回到工作室！

那個男人不斷在門外拍打大門，而且還發出了噁心的叫聲！

我看著地上血泊中的手臂……

想起了喪屍的電影情節！

「媽的！究竟發生了什麼事？！」

CHAPTER 01

孤貓

LWOAVIE CAT

04

「你們快來看！」

同一時間，豆奶看著落地玻璃大叫。

我們立即走到玻璃前俯瞰馬路……

「瘋……瘋了嗎……」我向後退了幾步。

在行車天橋上，出現了無數不知從何而來的「人」！不！那些人更像……**喪、屍**！它們全身血跡斑斑，有些甚至斷手斷腳！

那一大群喪屍前方，有三個人正在逃跑！喪屍群正追著這三個人！

其中一人不慎跌倒在地上，其他兩個人把他扶起。

「他們……快要被追到了！」豆花緊張地說。

我立即打開塵封幾年的玻璃窗，向著下方的馬路大叫！

「左面！」我向著那三個人大叫：「天橋左面有梯可以下去！天橋左面！」

因為沒有汽車的關係，加上四周空曠，我的叫聲能夠直接傳到那三個人附近！

他們看了上來，但看不到我，不過，他們聽到我的說話！三個人從天橋左面的吊梯爬下去逃走！

那些喪屍沒法爬下吊梯，一個又一個從天橋高處墮下馬路！

那三個人成功逃脫，他們向我的方向鞠躬，然後立即離開馬路。

「太可怕了……」我不斷搖頭。

大門依然被瘋狂地拍打，天橋馬路上出現了像喪屍的人類，還有我的九隻貓變成了人類……

「這個真的不是夢嗎？」

「爺爺！你看！」豆腐指著本來沒有訊號的電視機。

畫面上出現了一個報導新聞的主播！畫面不太穩定，在跳動著。

「全球……出現了攻擊人類……的變異種……」

我們十個人一起看著電視畫面。

「這是全球的廣播……事件發生的第五天……已經可以確定變異種是由曾注射過……新型冠狀病毒疫苗的人……而變成……估計全球有八成的人類接種了疫苗……這代表了全球八成人類已經變成

了嗜血的變異種……」

「什……什麼？！怎會這樣？！」我非常驚訝。

「餘下的兩成人類……當中有病理學家發現……沒有變成變異種的原因……是跟貓有關……曾吸過貓的人類……身體可以免疫某些病毒原……同時……在地球上某些貓……變成了人類……」

「曾吸過貓？」我呆了一樣看著電視畫面。

「因為全球的網絡受阻……五天才可以播放一次廣播……現請生還的人……想辦法到各地的十字……」

主播還未說完，畫面再次出現雪花。

「去哪裡？還未聽到！喂！喂！」我拍打著電視機。

「這樣說，世界上有其他的貓都變成了人？」僖僖問：「而養貓的人因為吸過貓所以沒有變成那些人類變異種？」

「如果是這樣……」瞳瞳說：「貓真的要主宰世界了！」

我腦海中出現了無數個問題，完全沒法用正常的邏輯思考！

「等等……剛才他說已經是第五天，怎可能？我昨天還是很正常吧？今天一覺醒來才看到你們九個由貓變成人，不是嗎？」我看著他們說：「豆奶，幫我看看今天是星期幾？」

「知道爺爺！」豆奶在書桌拿起我的手機看：「今天是……星期五！」

「星期五？怎可能？！」

昨天是星期日，因為我都習慣星期日會趕稿，當趕得太晚，我就會在工作室睡覺，然後星期一就直接上班！

而且我本想今天下午去歷史博物館看展覽，不會有錯的！今天是星期一！

我拿過了手機看……

今天是……星期五！

怎可能？！不是星期一？！

外前拍門的聲音突然停了下來。

「你們……知道昨天是星期幾？」我問。

他們搖頭。

「我們還是貓的時候，沒有任何時間觀念。」豆豉說。

「那你們有沒有覺得自己睡了五天？」我問。

「怎可能睡五天呢？」豆花說：「我最多也只是睡十八小時吧。」

「是這樣嗎？」我皺起眉頭在思考。

他們不知道。

他們甚至不明白「時間錯誤」的嚴重性。

現在的情況——

一、九隻孤貓變成了人類，報導中也說明了其他地區的貓也許都有同樣的情況。

二、沒有注射疫苗和吸過貓的人類，不會變成喪屍，但全球八成的人類都曾注射疫苗。

三、全球也沒法使用網絡與大氣電波，沒法跟其他人聯絡。

四、報導最後說請生還者到各地的「十字」……十字不知是什麼地方。

五、明明我記得今天是星期一，卻已經來到星期五，根本不可能連續睡了五天也沒有醒。

「癡線……究竟發生了什麼事？」我躺在地上完全不知道現在可以做什麼。

此時，豆花躺在我的胸前，還有豆奶與豆腐，她們三姊妹一起躺在我的身上，很溫暖的感覺。

「爺爺，沒問題的，一定會沒事的。」豆奶說。

「對！我們一定可以生存下去！」豆花說。

「就當是一場遊戲吧！哈哈！」豆腐說。

「嘿。」我只能苦笑。

聽到他們的安慰說話，就像她們還是貓時，我不快樂的時候，她們一直都是我的「快樂安慰劑」。

只不過，從前是撒嬌要我摸她們，現在卻直接說出口安慰我了。

「好吧！」我看著門前的那隻斷了的手臂：「我們一定要出去看看！而且也要帶些食物回來！」

「但出面走廊還有那個瘋了的人！」哥哥大叫。

「怕什麼？」夕夕已經拿起工作室內的一支棒球棍：「只要有武器，我才不怕他！」

夕夕已經想到了用武器，在動物的世界中，就只有人類會懂得使用武器。

「我覺得那個人已經不再是人類了。」豆豉說：「所以向他攻擊也不是什麼犯罪行為。」

我看著古銅色皮膚的豆豉，沒想到他會有這樣的智慧，說出了這個觀點。

豆豉走到門前，蹲下來看著那隻斷臂。

「不能吃的！」我大叫。

「孤，你當我還是貓嗎？哈！我當然不會吃，不，就算我是貓也不會吃吧。」豆豉用一支筆點了一下手臂：「皮膚已經沒有彈性，這個人應該已經死了好幾天，而且門一下子就可以折斷他的手臂，我想他身體內的骨骼與器官已經一早壞死。」

「的確是這樣。」我也蹲了下來看著那隻手臂：「等等，新聞只說是『變異種』，不知道變異種是『已經死去的人類』，還是『未死去的人變成喪屍』？」

「可能有不同的變異情況。」瞳瞳也走了過來：「我經常看你播的電影都說有不同形態的『喪屍』。」

啊？原來……我看電影時，她也會一起看。

我看著他們兩公婆。

「怎樣了？」瞳瞳跟以前一樣，給我一個鄙視的眼神。

「沒想到你兩個會這麼有智慧，嘿。」我說。

「你真的以為我們做貓時什麼都不知道嗎？」瞳瞳說：「果然是最無知的人類。」

我是無知的人類？

嘿，算了吧，瞳瞳就是這樣的性格。

「說完了嗎？」夕夕也走了過來揮動棒球棍：「我們出發吧！」

CHAPTER 01

孤貓

LWOAVIE CAT 06

這次，我們慢慢地打開大門，不發出任何聲音。

在大門前沒發現那個男人，我走出了走廊，探頭看著轉彎的方向，那個男人走到了走廊的盡頭，沒有意識地來來回回走著。

「我去引他過來。」我說：「你們就在轉彎位置攻擊他！」

「好！」

我走向升降機的位置。

「喂！我在這裡！來吧！」我大叫。

他二話不說，立即衝向我！我回頭跑到轉彎的位置！

男人的速度超快！為什麼不像電影一樣慢慢行？！他的血盤大口張開，用全力追著我！

「準備……」夕夕在轉彎位置等待著。

我已經躲到他們三個人的身後，男人馬上走到轉角位置！

「攻擊！」

夕夕揮動手上的棒球棍，擊中了男人的頭顱，男人向後跌！不過，他沒有立即爆頭而死！果然，不像那些喪屍電影一樣，一擊就可以把它的頭打爆，豆豉與哥哥立即拿出了麻繩，從後把男人綁住！

男人想咬哥哥，哥哥立即縮開，幾經辛苦，終於把男人五花大綁制伏！

他還沒有死去，只是不斷發出了噁心的叫聲，我們把他反鎖在走廊的雜物房之內。

「好了。」我鬆了一口氣：「我們解決了一個。」

「我們走吧，下樓看看！」夕夕說。

升降機停止運作，我們只好走樓梯下去。

「原來我們是住在二十樓。」哥哥說。

「你現在才知道嗎？我是為了你們，寧願給貴租都要租下這高層單位，可以讓你們每天看著落地玻璃外的風景與曬太陽。」我想了一想：「還有……」

「給我們看雀仔飛過。」他們三個人一起說。

「嘿，你們知道就好了。」我苦笑。

「我們每天也過得很快樂。」豆豉高興地說。

他們應該不知道賺錢養他們有多困難。

當我養貓以後，無論是去旅行還是行大型百貨公司，買的東西都是有關貓的。每次去日本旅行，買回來的，整個行李箱都是貓的食物與用具。

「噓！」

我們來到了十七樓，夕夕突然叫停。

「你們聽到嗎？」夕夕問。

豆豉點頭。

「聽到！」哥哥說：「很多！」

「聽到什麼？我什麼也聽不到。」我說。

「腳步聲！不只是一個人，而是一群！」哥哥說。

他們連貓的敏銳聽覺也保留下來嗎？我什麼也聽不到！

「我看看。」

我走到十七樓的樓層，從防煙門看著十七樓的走廊。

「媽的……」

他們沒有說錯，有十多二十隻喪屍在十七樓的走廊中漫無目的地踱步，他們的眼白鮮紅色，瞳孔黃色，面色如死灰，外表非常噁心。

數天前，他們還是正常的「人類」，現在卻……

我心中想，是不是我們人類作惡太多，現在遭到天譴？

「別要理會了，被他們發現就麻煩！」豆豉說。

可惜，已經太遲，其中一隻喪屍看到我們！然後他大叫了一聲，其他喪屍也看著我們的方向！

「快！快逃！」

……

…

．

另一邊廂，二十樓工作室內。

「不知道他們會不會有危險。」妹妹在擔心著。

「放心吧，夕夕跟孤在一起，一定沒問題的。」僖僖說：「他們還會帶食物回來給我們。」

「我要吃杯麵！杯麵很好吃！」豆奶舉手說。

「我要吃兩個！」豆花說。

「我要吃三個！」豆腐說。

「妳們真的是為食貓。」僖僖說：「不過變成人之後，好像真的會比較容易肚餓。」

此時，妹妹留意到曈曈站在門前。

「曈曈，發生什麼事？」妹妹問。

「你們聽聽。」曈曈輕輕打開了門。

「別要打開，可能會有危險！」僖僖想阻止任性的曈曈。

然後，她們六個女生，呆了。

因為在走廊傳來了聲音……

人類嬰兒的哭聲！

她們還是貓的時候，其實非常討厭人類嬰兒的哭聲，孤曾經有朋友帶一個嬰兒來玩，卻一直在哭，她們都覺得人類嬰兒很討厭。

不過，變成人類之後，這些嬰兒的哭聲反而讓她們緊張起來！

「哭聲代表了嬰兒還未……還未死！」瞳瞳看著沒人的走廊：「我們要救他！」

「等等，我們先找些武器……」

信信還未說完，瞳瞳已經走出了走廊！

「瞳瞳！」

豆花、豆奶、豆腐都是她的女兒，她對嬰兒有一份特別憐愛的感覺，所以聽到嬰兒在哭，她不可能坐視不理！

「沒辦法了，妹妹，還有妳們三姊妹在工作室等！」信信追了出去：「我們很快回來！」

「妳們要小心！」妹妹說。

瞳瞳與信信走到走廊盡頭的單位，單位的門虛掩，聲音就是從這裡傳來！

在門前，有東西擋著大門，她們一看，是一具女人的屍體！

僖僖立即探一探她的鼻子，女人已經沒有呼吸。

「身體還是暖的。」僖僖說：「可能是被剛才那隻喪屍殺死。」

致命的位置，是在女人的頸上，她被活活咬死。

「瞳瞳，我們要快走，她可能也會變成跟那個男人一樣！」僖僖看著單位內：「這……」

瞳瞳抱起了那個嬰兒，嬰兒立即收起了喊聲。

一隻變成人類的貓，抱著一個人類的嬰兒，這一幕讓人有一份溫馨的感覺。

「是女的。」瞳瞳認真地說：「我們不能掉下她！」

「嗯，把她帶回去吧。」僖僖在單位內走了一轉，沒發現其他人。

正當她們準備離開之際，那個女人突然捉住瞳瞳的小腿！

「呀！」

女人的瞳孔已經變成了鮮黃色！她已經變成了……喪屍！

僖僖用力踢開女人的手：「快逃！」

她們二人走回走廊，瞳瞳回頭看著那個女人，慢慢從單位爬了出來。

「放心，我會代妳好好照顧她的！」瞳瞳看著那個已經變成喪屍的女人說。

瞳瞳決定了代替人類的女人，成為嬰兒的母親。

她們回到了孤泣工作室。

六個女生一起看著瞳瞳手上抱著的嬰兒。

「妳們現在……」瞳瞳說：「多了一個妹妹。」

「很可愛！」豆腐大叫。

「我想抱抱！」豆奶說。

「不！我是大家姐，我先抱！」豆花說。

「妳們三個別要爭！」瞳瞳說：「現在最大問題是……」

「餵奶。」妹妹知道瞳瞳在擔心什麼。

「我已經沒有奶水。」瞳瞳說：「要怎樣辦？」

然後，她們六個女生一起看著同一個方向……

她們看著書架上，貓的嬰兒奶粉。

「奶粉是三姊妹小時候吃的，應該已經過期了。」瞳瞳說。

「現在可以怎樣辦？」豆花問。

「沒辦法了。」僖僖說：「我們只能回到那個單位，拿回嬰兒的用品與食品了！」

即是說，她們又要再一次接觸到那個喪屍女人！

CHAPTER 01 孤貓 LWOAVIE CAT 08

大廈大堂。

我們四人終於來到了大堂，我們小心翼翼地走出防煙門，大堂依然燈火通明，跟平時一樣。

「我記得這裡，看醫生時，你帶過我們來過！」哥哥說。

「這裡是大廈的大堂。」我走在最前：「走出大堂就可以去到大街看看現在的情況。」

「等等！」

正當我想走到大堂的服務台時，夕夕叫停了我。

「有其他人。」豆豉用鼻子嗅嗅：「不只一個！」

在服務台附近，兩男一女，三個穿上保安員制服的人已經變成了喪屍，他們一直在大堂內徘徊。

「我們不用理會他們，一直衝向大門，知道嗎？」我說。

他們三人點頭。

「就是現在！衝！」

我們一起衝向大門，只要走出大門就可以離開這棟大廈！

三個喪屍保安員立刻衝向我們！

「就到了！快跑！」我大叫。

不用我的提醒，他們三個比我跑得更快！

就在大門前，我們準備走出大廈時，我們急速停了下來！

因為……

「媽……媽的！」

在大門外，不只三隻喪屍，至少二十隻在街上徘徊！

「現在出去比在這裡更危險！」哥哥驚慌地說。

「對付三隻比二十隻好！」夕夕已經轉身，手上的棒球棍也捉緊。

我隨手拿起了雨傘架上的雨傘，準備好對付那三隻喪屍。

「大家要小心！」

我揮動雨傘，那隻面容腐爛的女喪屍迅速地躲開！

「什麼？！」

他們為什麼懂得躲開？！跟我在電視上看到的完全不同！他們的速度很快，而且比任何的電影更兇狠！

女喪屍把我迫到牆上，她想咬我。我用力把她推開，可惜，她的力氣非常大，我根本沒法把她推開！

她的牙齒已經落在我的頸上！

我頸上的血水開始噴出來！我感覺像快被撕開般痛楚！

「呀！」我痛苦地大叫。

我沒想到……這我……這麼快就要死去！我不是主角嗎？為什麼這麼快要死去？！

我才跟我變成人的孤貓相處了不到一天的時間！

我這樣就快就要死去？！

正當我合上眼睛等待死亡的一刻，我聽到強力打擊的聲音！

「孤！」

夕夕一棍揮向女喪屍，她的血水濺到我的身上！

我雙眼失去焦點，只聽到夕夕不斷用棒球棍敲打那隻喪屍！

「孤！醒醒！孤！你沒事嗎？」豆豉用力地搖著我。

我慢慢地抬頭看著他，他的表情非常緊張。

「後門！我們走後門！」哥哥指著後門的方向。

同一時間，我看到大門的玻璃！

在街上的喪屍被打鬥的聲音吸引，他們一窩蜂衝向大門拍打著玻璃門！

玻璃門快要被他們壓碎，出現了玻璃破裂的聲音！

「走！快走！」

我的意識開始模糊，我只知道哥哥與豆豉拉著我逃走……

我是不是將會變成像他們一樣的……喪屍？

手上的血水，是我的嗎？

我已經被感染了？

如果變成喪屍，我會不會攻擊他們？

攻擊我九隻貓？

不能這樣……我絕對不能攻擊他們！

他們是我的家人！

我絕對不會……

「別要拉我！」我打開了豆豉的手：「我已經被咬了，如果我變成喪屍，我會攻擊你們！」

「孤！沒事的！我們會想方法！」豆豉說。

「對！你不會有事！」哥哥雙眼通紅地說。

我不斷搖頭向後退，直至來到了大堂的櫃檯前！

「你們快逃，不要理我！」我大叫。

就在此時，我感覺到後腦一痛，我回頭看，是夕夕用棒球棍擊中我……

我知道……他……他不是想攻擊我……

他是想把我弄暈，然後把我帶走……

不要……我不想傷害我的家人……

就在我流下眼淚之際，我……

暈倒了。

……

‥

．

Human civilization
ends.
cat
civilization
begins.

053

052

三年後。

CHAPTER 02

三年後

3 Years Later

CHAPTER 02 三年後 3 Years Later 01

銅鑼灣中央圖書館。

戴上眼鏡的他，正在看著手上的《箴言書注》。這本書十年來也沒有借出過，偏偏，他對這類書籍非常感興趣。

「為什麼上帝創造我們卻不給我們祂存在的證據？還是他並不存在，而是由我們創造的神呢？」他在讀著書的一句名句：「切勿浪費多餘的功夫，去做本來可以較少功夫完成之事。」

他所說的是奧卡姆剃刀(Occam's razor)簡約法則。

「老公！」

此時，一位女生走了過來。

「老婆！」

「你還在看書嗎？你一天到晚都在看書，你不厭嗎？」她問。

「才不會！人類的知識真的太豐富了！我每天都可以吸收更多的新事物，怎會厭？」他高興地說。

「我真不明白有什麼好看。」她說：「有這麼豐富的知識又如何呢？最後不也是變成現在頹垣敗瓦。」

「所以像妳經常說……」他說。

「愚蠢的人類！」他們兩人一起說，然後笑了。

「來吧，是時候了。」她說。

他看著一隻錶面已經出現裂縫的手錶說：「好，我們去吧。」

這隻白色錶面橙色時針的 Explorer II 手錶，本來是他奴才的，不過他決定代替他戴著，看著這隻手錶，可以讓他想起那個傻瓜奴才。

沒錯，這一對夫妻，就是黑貓豆豉與白貓瞳瞳。

由他們變成人開始計起，已經過了三年時間，人類的文明已經完全崩潰，慶幸地，他們還能夠生存下來。

現在他們棲身於中央圖書館內。

中央圖書館已經成為了生還者的「人類避難所」，三年前電視廣播所說的「十字」，就是現在的「十字會」，這三年來成為了人類的難民營，無論是真正的人類還是由貓變成的人類，都安身於這裡。

能夠通往中央圖書館的橋樑與道路已經加裝了高高的圍欄，不讓喪屍走入圖書館的範圍之內。

世界已經完全改變，而沒有變的，就是喪屍依然遍佈全球，人類的文明崩潰，僅存下來的人只能委曲求全，在最惡劣的環境之中繼續生存下去。

中央圖書館的頂樓。

這裡已經改建成一個醫學實驗場地。

豆豉與瞳瞳來到了頂樓。

滿面鬚根的男人一早已經來到，一左一右把豆豉與瞳瞳抱入懷：「你們來了嗎？」

他是大佬夕，夕夕。

「大佬夕你輕力一點！我快窒息了！」瞳瞳說。

「對不起！對不起！哈哈，見到你們太興奮了！」夕夕說。

夕夕在這三年間，每天都在鍛煉體格，現在他已經像李小龍一樣，鍛煉出鋼鐵般的肌肉身型。

他現在是難民營保安隊的隊長，有一半時間都在外執行探索的工作。他們已經兩個月沒見面。

「我們還過得不錯，圖書館有很多書看！」豆豉問：「你去了灣仔會展的難民營嗎？其他人好嗎？哥哥、妹妹好嗎？」

「還是老樣子，他們也很掛念你們。」夕夕笑說。

「哥哥還是這麼膽小嗎？」瞳瞳問。

「哈哈！妳可以放心，他完全沒有變！」夕夕說。

「你們都來到了嗎？」

此時，兩個男人走了過來。

他們一個是真正的人類，而另一位是由貓變成的人類。

比較老的一位，他叫阮志勇博士，他是一位傳染病學專家，現在是這所研究所的所長，而另一位又矮又粗壯的男人，他叫 OPPA，他是孤泣工作室同事思婷的貓，本來是一隻短腳無毛貓，現在變成了阮博士的助手。

OPPA穿上了人類的醫生長袍，有點像一個可愛的侏儒。

「阮博士這次會成功嗎？」夕夕問。

「不知道，不過這是最大機會成功的一次。」阮博士說。

「我們利用了黑死病（Black Death）的病毒製造了疫苗，希望可以成功。」OPPA說。

「黑死病的病原體不是已經在地球上滅絕了嗎？」豆豉問。

「人類才不會把『病原體』完全消滅，還是會保留部份的病原體，就如 Covid-19、HPAI、H2N3 等等病毒，都沒有完全絕跡。」阮博士說：「現在病原體成為了最重要的疫苗。」

「好吧，別再討論一些我聽不懂的事了。」夕夕說：「快點開始吧！」

「你們跟我來。」阮博士說。

他們五人來到了一間破陋的房間內，有一個人被鐵鏈吊著雙手。他低下頭，頭髮已經長到他的腰間，身體皮包骨，非常瘦弱，瘦得甚至可以看到他的胸骨形狀。

他抬起了頭看著眼前的人，他的眼白是鮮紅色的，瞳孔是黃色的。他的口邊殘留著凝固了的血水。

這個男人，就是三年前被喪屍咬到的……

……

…

.

孤！

-

OPPA

-

Human civilization
ends,
cat civilization
begins.

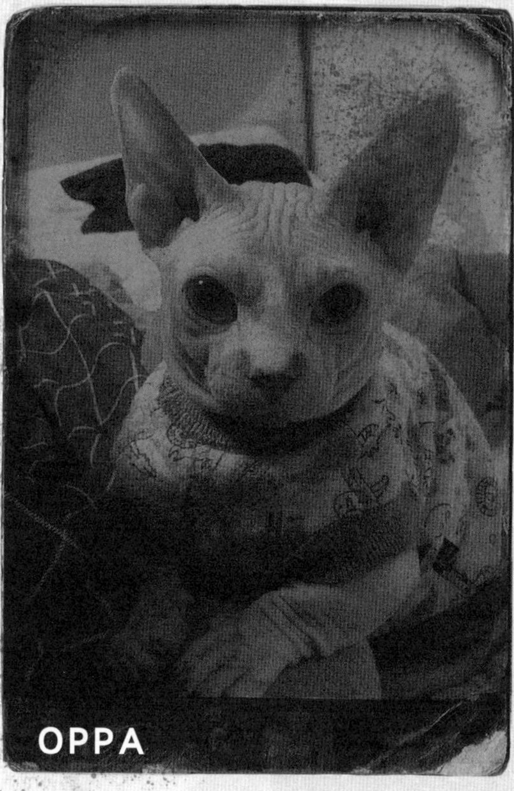

CHAPTER 02 三年後 3 Years Later 02

瘦得不似人形的孤，看到五人走了進來，他對著他們歇斯底里地大叫大喊，他已經認不出他們就是自己曾經最愛的貓。

瞳瞳心中一酸，她走向孤。孤因為手腳被鎖鏈鎖著，沒法作出攻擊，瞳瞳撫摸著他的臉頰。

「孤，你一定會好過來的。」瞳瞳眼泛淚光。

孤沒有聽到她的說話，他只繼續發出噁心的叫聲。

他的手臂上有無數個針孔，這代表了他已經嘗試了不同的疫苗注射，可惜，三年來沒有一次成功。

這三年來，孤接受過不同的藥物治療，可惜沒有任何的改變，不過，他們九個人一直也沒有放棄。

孤被咬到後沒有立即死去，他只是變成了「變異種」，他們都認為孤有機會好過來，不像那些已經死去的人類一樣，變成「喪屍」。

「變異種」與「喪屍」還有很多不同的地方，不過，容後再討論，因為對於他們來說，現在最重要的是……拯救他。

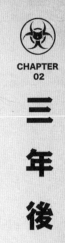

「OPPA，捉住他的手臂。」阮博士說。

「知道！」

OPPA 走到孤的左邊，用力捉緊他的手臂，準備給阮博士為他打針。OPPA雖然個子矮小，不過他也是個肌肉男。

「要不要幫手？」夕夕問。

「沒問題！我可以的！」OPPA 說。

孤的力氣非常大，OPPA 勉強能捉住掙扎的孤。

「呀！呀！呀！呀！」孤痛苦地大叫。

瞳瞳不忍看下去，把臉移開，這三年來，她是探孤次數最多的人，性格任性的她，其實是最關心孤的。

阮博士把黑死病製造的疫苗注入了孤的身體，孤整個人也靜了下來。

「怎……怎樣了？」豆豉緊張地說：「成功了嗎？」

大家也看著沒有反應的孤。

突然！孤抬起了頭，不斷吐出留在胃部的食物殘渣！

孤變成了「變異種」後，只對血淋淋的生肉有食慾，三年以來，他們都是餵孤吃生劏的禽畜。現在他不斷吐出紅色帶血的食物殘渣，非常噁心！

「呀！！！！！！」

他把殘渣通通吐出來後，用一個憎恨的眼神看著他們，然後又再次大叫大喊，像瘋子一樣！

阮博士看著手錶，一分鐘過去，孤依然沒有任何的變化。

「看來……沒法壓制他身上的病毒。」他搖搖頭：「我們還是失敗了。」

他們臉上出現了失望的表情。

他們看著依然瘋瘋癲癲的孤，心中很難受。的確，他們有想過了結孤的生命，不想讓他再痛苦地活下去，不過，他們想起當初孤領養他們時，就像是給他們一次新的生命一樣。

他們沒法殺了這個曾給他們新生命的奴才。

「這次也許是最後一次疫苗測試了。」阮博士看著他們說。

「為什麼？」夕夕激動地說：「你想放棄嗎？」

「博士不是想放棄，而是孤的身體再沒法承受新的疫苗測試。」OPPA說：「再試下去也只有死路一條。」

「死路一條？你說什麼？」夕夕揪起OPPA的衣袖，生氣地說：「孤才不會死！」

「我只是說真話！已經三年了，根本就沒有藥可以救到他！你們放棄吧！」OPPA說。

「你這個矮仔說什麼？」夕夕對著OPPA大吼。

「夕夕，別要這樣！」豆豉擋在兩人中間：「阮博士，還有其他治療方法嗎？」

「對！比如吃藥、針灸之類呢？」瞳瞳泛起淚光說。

阮博士無奈地搖頭：「我已經盡力了。」

他們當然知道救回孤不會是簡單的事，但他們一直也存在著「希望」，現在，要他們接受已經沒法救回他的「絕望」，他們難以接受。

絕對沒法接受最親的人離開自己。

房間內一片混亂，就在此時……

一把聲音……

從前方傳來……

「媽的……」

「整個口都是血腥味……」

「你們……」

「一直以來……」

「給我吃了什麼？」

「我寧願……」

「吃貓糧。」

全房間的人靜了下來，然後慢慢回頭看著他。

說話的人，不是他們五個人，而是……

孤！！！

CHAPTER 02

三年後

3 Years Later

03

一間破舊的休息室內。

他們用一張孤貓的卡通巨型毛毯包著骨瘦如柴的孤。他的身體非常虛弱，就像大風一點也可以把他吹走。

「這張毛毯……你們還留著嗎……」孤喝下一口熱茶：「已經過了多久？」

「三年了！」夕夕高興地說：「我們一直沒放棄治好你！」

「現在你終於醒了，太好了！」瞳瞳把頭靠在孤的肩膀上。

「孤，你一定可以很快恢復過來！」豆豉蹲在他的面前微笑說。

「嘿。」孤苦笑。

他看著面前的三個人，這三位最愛的貓、最親的人。

「這三年，你們做人做得快樂嗎？」孤問。

他們沒有說話，很明顯……一點都不快樂。

「其他貓呢？妳三個女呢？哥哥、妹妹，還有僖僖呢？」孤第一時間想起他們。

「豆奶和豆腐留守在我們從前的工作室，那大廈已經成為了其中一個人類的難民營。」夕夕說：「瞳瞳、豆豉和我來到這裡中央圖書館難民營，妹妹和哥哥在灣仔會展難民營，僖僖和豆花就四處流浪中。」

「流浪中？咳……咳……」

「慢慢來吧，你的身體還非常虛弱。」阮博士走了過來：「沒想到你可以捱到今天，如果不是意志，我也想不到是什麼原因。」

他們已經介紹了阮博士給孤認識。

「意志嗎？嘿。」孤的招牌苦笑再次出現：「你想你應該先幫我洗胃，現在我什麼肉也不想吃。」

「不行！你一定要吃東西，身體才會好！」瞳瞳像媽媽的語氣一樣說。

「如果真的是因為意志，我想不只是我自己的意志。」孤看著他們：「也許是他們的意志……讓我生存下去。」

「孤……」豆豉拍拍他手背表示支持。

「你暫時是全世界第一個可以回復過來的人類。」阮博士托托眼鏡：「你的性命致關重要，已經不只是代表你自己一個人，而是全地球。」

「這三年……世界發生了什麼變化？」孤問：「人類的文明已經……滅亡了嗎？」

「其他地方我們不知道，這三年來我們沒法跟外界聯絡。」夕夕說：「在香港，我想已經只餘下幾萬人左右。」

「幾……幾萬人？」孤皺起了眉頭：「你意思是貓變成的人與人類加起來，只有幾萬人？」

「幾萬人都只是估計。」豆豉說：「可能比這個數字更少。」

孤勉強地站了起來。

「你別要亂動好嗎？」瞳瞳說。

「不，我想看看……外面的世界……」他說。

夕夕扶著他走到玻璃窗前。

孤看著玻璃窗外，維多利亞公園已經變成了一大片草原，對出的高士威道上已經再沒有汽車，變成了佈滿屍體的公路。

天很藍，地很綠，而且沒有噪音，跟馬路上的屍體形成了強烈的對比。

沒有了八成人類的世界，反而變得清靜。

他看著銅鑼灣的方向，高樓大廈也被綠色的植物包圍，本來人來人往的鬧市街道，已經再沒有任何人類與汽車，繁榮核心地段變成了一片廢墟，用「死城」來形容是最好不過。

孤回頭看著他們。

「你們要把這三年發生的事……通通告訴我！」

CHAPTER 02

三年後

3 Years Later

04

三天後。

今天，我終於可以勉強吃一點粥而不嘔吐。

還好，這三年我沒有任何意識，根本不知道自己身上發生的變化，不然，我應該早就自殺死去。

三天前醒過來的一刻，我就像在夢中驚醒一樣，發了一個很長很長的惡夢。

三年時間過去，世界沒有回復到正常，反而所有人類文明已經消失，回到最原始的模樣。

在這個新時代，他們給了一個新的名稱……

「滅絕時代」（Extinct Age）。

三年前，我被咬之後，失去了所有意識，就像在夢中一樣一天一天地過日子。在他們眼中，我變成了變異種後，完全沒有自我與道德觀，整天只想著攻擊別人與咬人吸血。

阮博士跟我說，當時新冠肺炎出現後，八成的人類接種了新冠肺炎疫苗，雖然避過了一場大疫症，人類卻沒想到，反過來因為接種疫苗讓他們的身體出現了更可怕的病毒，他們稱之為——

變異種症候群（Variant Syndrome）。

就在我於工作室睡醒的那天開始，八成的人類變成了喪屍，只會攻擊與嗜血。

我曾經在《九個少女的宿舍》中也寫過類似的症狀，那些被注入*「螺旋改」毒液的男人，會變成了「嗜慾男」，沒想到，現實的世界，也同樣出現了相同的情況。

不過，不是所有曾打過疫苗的人也會變成喪屍，還有一種人，如果不是被咬，能免疫變異體症候群這一種可怕疾病。

就是……

「有長期吸貓習慣的人」。

我當然有長期吸貓，所以沒有變成喪屍。可惜，那天我卻被喪屍咬了。

在人類文明崩潰後，少數病理學家（如阮志勇博士）繼續研究，得出的結果是貓毛有一種獨特的酵素，可以免疫變異種症候群，只要是長期吸取就會產生對病毒免疫的抗體。

因為我工作室有九隻貓，我每天都在吸牠們，也許，我可以免疫一百次也不定。

知道了貓毛可以免疫，不就可以研發出新的「解藥」嗎？

不，他們不可能。

因為在世界上的貓都變成了人類，**再沒有新的貓毛存在。**

他們在這三年裡，沒有見過任何一隻貓出現。

一切好像是早有安排一樣，就像一場要人類滅亡的「安排」。

「所以貓都變成了人類？」

我問了這一個問題。

夕夕搖頭。

根據這三年來收集的情報，有吸貓毛習慣的人變成了僥倖的生還者。在他們的敘述中得知，不是所有貓都變成了人類，而是大部分的貓在世界上……消失了。

我想起失去了親人的痛苦。

他們還未找出貓變成人又或是在世上消失的原因，因為根本沒有任何一隻貓知道自己為什麼變成人類，而且擁有人類的智慧。

「其他的動物呢？」我問：「有變成人類嗎？」

豆豉搖搖頭回答：「其他的動物沒有變成人類，甚至是貓科類的動物也沒有，只有少數的貓變成了人類。」

「而且牠們如果被咬，也會變成變異種。」瞳瞳說：「跟人類一樣。」

我在思考著。

只有注射了疫苗而沒有長期吸貓的人類才會變成喪屍。

只有少數貓變成了人類，大部分貓都消失於這世界之上。

其他的動物都沒有改變，就算是貓科類的動物也沒有變成人類。

而被喪屍咬過的人類與動物都會變成喪屍。

「啊？等等。」我想到了一個問：「為什麼你們覺得我會變回人類，然後繼續嘗試救我呢？」

「因為他們不想放棄。」阮博士看著他們三人：「不想放棄他們的奴才。」

他們三個一起微笑地看著我，他們的堅持終於成功了。

「如果被咬後沒有立即死去，就不會變成喪屍，只會變成變異種。」阮博士說：「這證明了，人類還是有得救，你就是第一個獲救的人類。」

「但怎樣分辨被咬的人類是死去了變成喪屍，還是未死去變成變異種？」我問。

「心跳。」

「心跳？」

＊「螺旋改」，請欣賞孤泣另一小說作品《九個少女的宿舍》。

CHAPTER 02 三年後 3 Years Later 05

「被咬而沒有死去的人，還會繼續有心跳。」阮博士說：「不過，很多人被咬後，很快就會心跳停頓，像你一樣繼續有心跳的，非常罕有。」

他們在這三年的時間，把變異種與喪屍分類，像我一樣未死的人都通通叫作「變異種」，而死去的人就叫作「喪屍」。

當然，不是所有人類都覺得變異種還是「人」，只要人類遇上了變異種，都會通通把他們殺死。像夕夕他們還當「變異種」為人類的是少數派。

「現在你是唯一由變異種成功變回人類的人，已經證明了『變異種』只是一種病，是可以醫治的。」阮博士說。

「那又如何？『他們』根本就沒有分類，只要是變異種都殺死。」豆豉無奈地說。

「你指『他們』是誰？」我問。

「人類。」夕夕抽著煙說。

他何時學會抽煙的？

「人類？你是指真正的人類？」我問。

「對，不只是變異種，他們連人類與由貓變成的人也會殺。」豆豉說：「他們甚至不知道我們跟人類的分別，通通都殺死。」

「什麼？！」我皺起了眉頭。

他們都低下了頭，表情痛苦，他們在這三年究竟經歷了什麼？

「孤，跟我來。」夕夕站了起來。

「去哪？」

「帶你看看這個十字會的難民營。」夕夕說。

「我先回去跟進新疫苗，你們去吧。」阮博士說。

「好。」

我跟著他們從樓梯走下去，其他樓層已經空置，書櫃都換成了睡覺的床墊，只有簡陋的日常用品。

「最高的幾層是我們睡覺的地方，之後就是防衛樓層，會有人二十四小時輪班看守。」夕夕說。

我們一直走下去，來到了中央圖書館的最底層，這裡有很多人，還有小孩在嬉戲。

「我們日常都會在這裡活動，我們在圖書館外的空地種植，食物暫時不是問題。」瞳瞳說。

「這裡收容了多少人？」我問。

「應該有三四百人左右。」夕夕說：「這裡算是最安全的庇護所，所以小孩與女人都在這裡生活，當然還有最頂層的研究室，阮博士與其他研究人員都在，而我就是這裡安全隊的隊長。」

沒想到這三年來，他們已經組織了一個小社區。

「爸爸！媽媽！」

「豆沙！」

此時，一個看似三四歲的可愛女孩走了過來，然後瞳瞳蹲下來把她抱起。

「媽媽？」我看著她們。

「快叫爺爺，爺爺終於醒了。」瞳瞳說。

「爺爺！」小女孩高興地說：「爺爺睡得好嗎？」

「好……很好……」我非常驚異：「等等，為什麼妳會多了一個女兒？」

「豆沙是瞳瞳在你變成變異種那天，拯救的人類嬰兒。」豆豉說。

「由貓養人？」我苦笑搖頭：「真的太不可思議了！」

「世界也變成這樣了，有什麼比這更不可思議？」夕夕說。

「在這裡生活的人，都是普通人類？」我問。

他們搖搖頭。

「八成都是由貓變成的人，只有一些小孩與研究人員是真正的人類，當然還有你。」夕夕說：「本來不是這樣的，在『滅絕時代』出現的首半年，有一半以上都是人類，不過他們都走了。」

「都走了？」

「對，孤你以後不用再說『貓變成的人』這麼複雜。」豆豉說：「我們都有一個新的種類稱呼。」

「是什麼？」

他們對望了一眼，然後說。

「描。」

CHAPTER 02

三年後

3 Years Later

06

「偝？怎麼寫？」我問。

「左邊部首『亻』，右邊一個『苗』字。」豆豉托一托沒有鏡片的眼鏡說：「我查過圖書館的粵語音韻詞典，音是『MIU 4』，所以可以讀成『苗』。」偝類。

由貓變成人的都被稱為**「偝類」**，他們擁有人類的外表與心智，而且還保留了貓的嗅覺和聽覺靈敏。雖然他們的感官比真正的人類優秀，不過，他們變成「人類」生存只有短短的三年，在其他層面沒法跟人類比，比如……**「人性」**。

人類是世界上最兇殘的生物，數千年來中不斷發生戰爭，無論是人與人、國與國，每個人都是為了自己的私益去破壞，甚至摧毀敵對的一方，沒完沒了。

就算，在已經崩潰的世界，人類也為了生存不擇手段，偝類除了要對付人類變成的喪屍，還要應付比喪屍更可怕的人類。

在兩年半前，人類與偝類還可以一起生活，不過，隨著人類自私與兇殘的天性，他們開始剝削與控制偕類的生存權利，最後還殺害了十字會的創辦人，離開了難民營自立門戶，成為了在滅絕時代的新勢力。

「他們的領袖叫誅世宰，一半以上的難民營居民都跟著那個人離開了。」豆豉說：「而且他們每星期都會來奪取我們的食物與物資。」

「為什麼要給他們？」我問。

「我們這裡老弱的人很多，根本不能跟他們匹敵。」夕夕帶點生氣地說：「媽的，當時他們殺死阿橋時，我就應該把誅世宰殺了。」

兩年半前，誅世宰殺死了阿橋，他當時說只是自己的無心之失，夕夕相信了，決定放過了他，後來，他露出了真面目，挾持偕類的兒童做人質，控制了整個難民營。

「而且他們要求我們每一個月都要把年輕女生送給他們……」瞳瞳用力擁抱著豆沙，露出憤怒的目光。

「把女生送給他們？什麼意思？」我問。

「如果不聽從他們的做法，他們會大舉進攻我們，把我們全部人殺死。」豆豉表情痛苦地說。

太過份了……

在文明摧毀後，不是應該要合作重建社區嗎？為什麼反而要這樣？

不……不對，人類的確會這樣做，口中說什麼「公平」，其實都是為了自己的私益而已。侵略、霸佔、殺戮，從來都是人類的「本性」。

「等等……」我想到了一個重點：「根據阮博士說，要長期吸取貓毛的人類才不會變成喪屍，這代表那個叫誅世宰的人，也有養貓嗎？」

我覺得，養貓的人絕對不會這樣對待由貓變成人的「偛類」，那個叫誅世宰的人，為什麼會這樣？

「孤，你錯了。」夕夕認真地說：「不是每個人類都像你一樣愛貓。」

「不，我覺得……」

「在人類文明崩潰前，誅世宰的確是養了很多貓。」夕夕沒讓我說下去：「同時，他也……肢解了很多可憐的貓。」

「什……什麼？！」

誅世宰在世界還未變成現在境況之前，他是一位……

屠殺貓的變態殺動物犯。

CHAPTER 02 三年後

3 Years Later

07

銅鑼灣崇光百貨。

曾經是全世界租金最貴的地段，現在已經變成了空無一人的地區，除了雜草橫生，在每個角落都佈滿了屍體。

已經沒有「生命」的存在？

不，才不是。

屍體上的綠頭蒼蠅與屍蟲，正在飽餐一頓。

每隻蒼蠅可以產下至少二百五十顆卵，卵孵化成小蛆蟲，牠們以腐肉為養料，當攝取足夠的養份以後牠們就會離開屍體化蛹成蠅。整個週期無休止地重複，直至牠們再沒有食物可吃為止。

「生氣勃勃的世界。」他笑說。

一個戴上軍帽的男人，正蹲在地上看著蛆蟲在屍體上遊走。

然後，他伸手向屍體把一堆蛆蟲拿起放入口中。

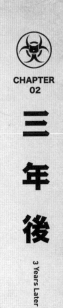

「不錯，又肥又大。」他高興地咀嚼著在屍身上取下的蛆蟲。

「老大！」

此時，另一個男人走向他。

「已經準備好了，大家都在等你。」男人說。

「哈哈！你們他媽的當然要等我！這些娛樂也是我給你們的！」他大笑。

兩個男人走回崇光百貨內，本來在地下層的化妝品專櫃已經全部消失，滿地佈滿曾是高檔的Hermès、LV、Gucci手袋，現在變成了一文不值的爛貨。整個地下層都變成了像「豬欄」一樣的佈局。

在豬欄內住滿了人，她們赤裸著躺在又髒又臭的地上，吃的食物就只有屍蟲與乾草，她們就是從中央圖書館送過來的備類少女，被虐待的對象。

本來，她們可以自殺死去，不用再痛苦地生存下去，不過在「貓」的世界中，根本就沒有「自殺」這個詞彙。

「出來！」

幾個男人從豬欄中把五個少女拉出來，把她們帶到一個臨時搭建的露天場地。

場內綁著被捉回來的活屍，他們張牙舞爪，像要把到來的人咬死。他們的身體被鎖鏈鎖在木柱上，沒法自由地活動。

「來！快來！」

被叫作老人的男人大叫，五個少女被帶到那群喪屍面前，依次排列，她們被要求俯身躺在一張長桌上。喪屍看著赤裸的她們，本想伸頭咬她們，卻被鎖鏈牽制著。

少女的臉頰與喪屍腐爛的面，只隔著不到半尺距離。

然後，在場的男人，把自己那惡臭的那話兒通通拿出來……

「不……不要……」少女痛苦地大叫。

十多個男人正輪流等待做著最禽獸的事情。

他們把少女的頭捉起，讓她們看著喪屍，痛苦的呻吟聲與喪屍噁心的叫驚，讓這群禽獸更有快感！

「操你媽的！爽！」男人興奮得大叫。

沒有法律、道德的世界，人類會變成怎樣？

會變成比惡魔更可怕的惡魔。

這群男人正做著畜生也不如的事，其他的生物根本不會做著這可怕的事情，只有人類，會把自己的快感建築在別人的痛苦之上。

此時，一對夫妻正好從遠處走過。

「禽獸！正人渣！」女人泛起淚光在輕聲說。

「別理會了！他們給我們吃，給我們住已經很好，我們沒辦法阻止他們！」男人把女人快速拉走。

「但他們……」

「別說了！妳想死嗎？妳想變成那些女生嗎？別被他們看到！回去吧！」男人生氣地說：「那些女的根本就不是人類！或者就像其他人所說的，因為她們的出現，才會讓世界變成現在這樣，活該！活該！」

那群男人也許是禽獸，不過，比他們更可悲的是那些為了自己，當作什麼也看不到，還怪罪於別人的……「人類」。他們沒想過反抗，只想著自己的利益，把別人的痛苦當是理所當然。

他媽的自私的人類。

露天場內，那個老大完事後，躺在地上看著藍藍的天空，他在微笑，露出了一隻金色的門牙，他很快樂。

在這個沒有文明、沒有道德、沒有秩序的世界，他……很快樂。

沒錯，這個吃屍蟲的男人，就是以虐待動物為嗜好的……

誅世宰。

CHAPTER 02

三年後

3 Years Later

08

三天後。

我已經慢慢回復體力，而且瘋狂地喝水，我想我一天喝的水等於以前一個星期的喝水量，阮博士說，有可能是我的身體需要排走體內的有害物質。

我難以想像，這三年來每天都在吃生肉會是什麼感覺，我想我以後應該會吃素。

用了三天的時間，我盡力去理解現在的世界，不過有太多的謎團沒法解釋，已經超出了人類對科學與醫學的認知範疇，沒有人知道人類變成喪屍的真正原因，也沒有貓類知道為什麼自己會變成人類，還有，消失的貓又到了哪裡呢？

今天，豆豉安排我跟在這難民營的貓類三大長老會面。

他們想見我，同時，我也想知道更多有關貓的歷史。

三長老毛哥、二長老Mimi、大長老貓王，他們還是貓時的年紀分別是十五歲、十六歲和二十四歲。

二十四歲的貓王，差不多等於人類的一百一十二歲。

「三位長老，他就是孤。」豆豉說。

「你們好。」我禮貌地微笑。

「你想知道有關貓跟人類的歷史？」滿頭白髮的三長老毛哥問。

「對。」我想了一想：「應該是說，我想知道人類不知道的貓與人類的歷史。」

在人類對貓記載的文獻中，貓的演化可以追溯至新生代舊第三紀古新世（Paleocene），大約就是六千五百五十萬年至五千六百萬年前演化出的「肉齒類」。隨後，在始新世（Eocene）時期，肉齒類開始衰弱，取而代之的物種，就是進化了的物種……小古貓。

繼後在中新世（Miocene），大約是二千三百萬年前至五百三十多萬年前，發展出「類貓科」動物類（Pseudaelurus），而類貓科動物已經非常像貓，也開始用腳趾著地行走，牙齒的排列也與現代貓類大致相同。

來到上新世，距今五百三十萬年前開始，類貓科動物類群進化成盧那貓類（Felis lunensis），成為了最接近的貓科動物，無論體型大小與體態，都跟現代貓類相同。

而現代的貓科動物，就是在更新世二百六十萬年前開始，演化而來。

不過，這些都是人類對於貓的認知而撰寫的歷史，卻不是貓所有的歷史。從前，我們不可能跟貓用人類語言溝通，從而得到想知道的事，但現在不同了，他們已經變成了人，我可以直接問他們。

「貓與人類的歷史嗎？」二長老Mimi摸摸自己的鬍鬚：「我們一直也流傳著一個傳說。」

「傳說？是什麼傳說？」我問。

職業病又發作，我對未知的歷史與傳說也非常感興趣。

「我們貓的壽命只有人類的五份之一，所以我們代代相傳下去的歷史，都比人類多很多代。」大長老貓王說：「當然，很多貓也不知道這個傳說，因為有些歷史，在一代與一代之間已經失傳。」

「我也從來沒聽過什麼有關貓的傳說！」豆豉說。

「被領養的貓未必會知道這傳說，呵呵！」三長老毛哥說：「但如果曾經做過流浪貓，都會有所聽聞。」

我想起了我曾去過日本的貓島，那些貓應該每天都在聊天，無所不談，只是我們人類沒法聽得懂而已。

「或者，你不會相信，不過，這的確是已經流傳了幾千萬年的傳說。」二長老Mimi看了一眼大長老。

大長老貓王站了起來說。

「有關我們貓的傳說與歷史，也許身為人類的你未必會相信。」他看著我。

「不相信？是怎樣的傳說？」我問。

「在世界上所有生存過的貓，都曾經是……」大長老貓王認真地說：**「人類。」**

「什……什麼？！」

毛哥

MIMI

貓王

CHAPTER 02

三年後

3 Years Later

09

「所有貓都曾經是人類？！」我搖頭說：「怎可能？」

「你們人類不也相信上帝在伊甸園製造了人類的祖先亞當與夏娃？」三長老毛哥說：「這不也是傳說嗎？不也是小說故事的情節嗎？為什麼世界上有三份之一的人類都相信？」

的確，我沒法反駁他的說話。

所有都是「故事」，就算《聖經》記載的也只是故事，只不過，有人相信是真實的記載，亦有人只當是神話故事。

「還有古希臘神話記載，宙斯是宇宙至高無上的天神，不過，對於我來說，我覺得更像人類打機的角色而已。」豆豉說：「根本沒有人知道宙斯是不是真實的存在。」

「豆豉，別扯遠了。」二長老 Mimi 說。

「對不起。」豆豉禮貌地道歉。

「所以你沒法立即相信也不足為奇，不過，這的確是我們貓類流存下來的歷史。」大長老貓王說。

他繼續跟我解釋。

貓的歷史比我們人類更早出現，貓的始祖，就如《聖經》記載阿當與夏娃一樣，是一男一女的人類。因為女的拯救了「伊甸園」中的動物，神獎勵她讓她變成了世界上最受人寵愛的生物。

就是……貓。

長老說，那個男的就是人類所認知的……阿當。

「你意思是那個變成貓的女人是比夏娃更早出現的女性……」我非常驚訝。

「沒錯。」大長老說。

那個變成貓的女人，就是比夏娃更早出現的女性人類，只不過，她變成了一隻貓。

她的名字叫……「fact」，first Cat，第一隻貓。

First Cat，中文名叫「苗」，就如樹苗一樣，是一切的開始。

夏娃偷吃「知善惡樹」的禁果，讓人類出現了「原罪」，而苗卻拯救了「伊甸園」的動物，成為了萬千寵愛在一身的貓。

「你沒發現嗎？人類對貓是沒有抗拒能力的，無論你是一個怎樣的人，如果跟貓一起生活，一定會愛上貓這種動物，甚至願意叫自己做『奴才』。」二長老 Mimi 說：「這也是神賜給貓的能力。」

的確……如此。

大長老繼續說，神讓苗能夠無性自體繁殖，慢慢地，貓成為了世界上一種最多人喜愛的物種。

「根本就像……」我不敢相信：「我寫的故事情節一樣！」

「哈！阿當與夏娃不也像小說故事嗎？為什麼世界上最有智慧的人類又會相信？」三長老毛哥說。

我再次沒法反駁他。

「你們覺得這次貓變成人的事，跟你們所說貓的歷史有關？」我問。

「這個我也不知道，不過……」大長老貓王搖搖頭說：「其實一早已經有人類發現，fact 的存在。」

「什麼？怎會？！」我更驚訝：「是什麼時候發現的？」

「Bastet（芭絲特）。」

我睜大了眼睛。

Bastet 就是一隻頭上戴有金色襯飾的黑貓……

古埃及其中一位神明。

「距今數千年前，古埃及已經知道了fact的存在，而 Bastet 就是你們人類給貓始祖的一個神的形象……一個『神的化身』形象。」

CHAPTER 02

三年後

3 Years Later

10

古埃及時代，約公元五千年前，人類非常尊敬貓，貓的死亡對於古埃及人來說是一個悲劇，人類會把死去的貓當作親人一樣對待，全家都會進行哀悼，而且悼念會把眉毛剃掉，死去的貓做成木乃伊，在法國巴黎羅浮宮（Musée du Louvre）就有收藏一具貓的木乃伊。

「我曾在圖書館的歷史書看過……」豆豉托托眼鏡說：「在古埃及殺害貓會被處以極刑，依據歷史作家狄奧多羅斯（Διόδωρος Σικελιώτης）在《歷史叢書》記述，一位羅馬人殺死了貓，被判死刑，還把他的屍體丟棄在大街上曝曬。」

「還有，公元前五二五年埃及被波斯入侵，波斯人把貓放在軍隊士兵的身上，埃及士兵因無法傷害貓，輸了這場仗。」大長老貓王說：「可見古埃及人對貓的重視和尊敬是多麼的崇高，同時證明了，他們也許知道世界上第一個女性人類，其實就是……貓。」

我完全不敢相信，我從來也沒聽過這些有關貓的歷史，怎說，都是貓之間流傳的歷史故事，我們人類根本不會知道。

「等等……古埃及人是怎發現『苗』是人類的祖先？他們是怎知道她是由人化成了貓？」我不解。

「你好像問我為什麼人類是直立而行？為什麼人是由猩猩進化而成？」三長老毛哥說：「這些問題，人類也根本沒有一個真正的答案，不過……」

「從古埃及的滅亡原因之中，可能找到某些答案。」大長老貓王接著說：「豆豉，早前要你翻查的資料呢？」

「有！大長老！」豆豉打開他的黑色筆記本：「在不同的歷史書中記載，古埃及滅亡的原因是自然環境的災難，比如乾旱導至農作物失收，發生大饑荒，最後整個國家滅亡。」

他揭下一頁說：「直至一九九二年，考古學家在尼羅河三角洲地區進行考古發掘時，發現了一個埃及第三十一王朝的靈墓，三十一王朝就是最後一個埃及朝代。他們在靈墓中發現了上萬具人體骸骨，從靈墓的牆畫可以得知他們是被殺害而引至滅亡。而在人體骸骨中，考古學家找到了貓的尾椎骨。」

「什麼？」

「沒錯，一萬多具骸骨都有貓的尾椎骨。」豆豉指指自己的身後：「而阮博士也曾解剖過死去的㑤類，同樣有這樣的尾椎骨，當然，只有一小塊尾椎骨，不會對生活與走路有影響，而且外表也沒有分別。」

「你意思是……」我認真地看著他說：「那些人類骸骨都是由貓變成的人？偖類在古埃及已經出現？」

「很有這個可能。」二長老 Mimi 說：「或者當時古埃及出現了跟現在同樣的情況導致滅亡，而現在卻是全世界。」

當時的人類也同樣地變成了喪屍？貓變成了人？最後整個古埃及文明都消失了？！

同樣的人類滅絕情況，已經……出現過一次？！

我不斷搖頭，腦海一片空白。

「孤。」豆豉拍拍我的背：「跟你說出這件事就是想你知道，如果古埃及真的有發生過現在的情況，這代表了……」

我的汗水滴下：「代表了……世界有機會回復過來？」

「對！古埃及滅亡了，不過，世界與人類的文明不是繼續下去嗎？」豆豉說：「也許，會有方法可以改變現在的情況！」

三年後

3 Years Later

11

「有什麼方法可以改變？」我問。

「在靈墓的壁畫中，有人用聖書體（Egyptian hieroglyphs）書寫，是寫著  。」豆豉把一頁撕下來的書頁給我看。

在  下方，有一個古埃及人的畫像蹲在地上，在他的前方有一個同樣刻上文字的盒子。

「那個聖書體是什麼意思？」我皺起眉頭看著。

「圖書館就是人類智慧的寶庫，我找到了有關聖書體的書籍！」豆豉在他的簿上寫著：「這七個圖案代表了七個英文字，翻譯出來後……」

我看著他寫著的英文時。

「RESTART」。

「Restart？」我讀著。

「就是重建、重啟、重新開始的意思。」豆豉說：「我們覺得這個寫著 Restart 的盒，可能跟恢復世界有關。」

「可惜，這個盒子不在香港，可能在世界上某個博物館，不然我們可以找出它，看看跟世界變成現在這樣有什麼關係。」大長老貓王說。

我看著書頁，腦海中在回憶著……

對，我有見過這個盒子！

我有見過！

「孤，怎樣了？」豆豉問。

「豆豉，我的背囊呢？在工作室的背囊在哪裡？」我站了起來緊張地問。

「你的個人物品嗎？」豆豉想了一想：「應該都有拿過來這邊，在三樓的雜物室。」

「快！去找回來！」我立即跑走。

「發生什麼事？」豆豉說：「裡面有什麼東西嗎？」

「有！」我回頭說：「也許我知道這個盒的下落！」

「什麼？」豆豉充滿了疑惑。

「黑貓，看來你的奴才不是普通的人類，呵呵。」三長老毛哥笑說。

「對，他好像比我們更有幹勁呢。」二長老 Mimi 說。

「希望他可以找出回復世界的方法。」大長老貓王說。

豆豉沒有回答他們，只是跟他們點頭微笑。

沒錯，他認識的奴才，就是一個這樣的笨男人。

這樣的笨大男孩！

「孤！等等我！」他大叫：「我跟你一起去！」

……

…

.

我們在三樓的雜物室找了一個多小時，終於找到我在工作室的背囊。

「不會吧……」豆豉看著我從背囊拿出來的東西。

「對！在香港！不會有錯！」我高興地說。

我手上的是一張博物館展覽的宣傳單張。

在他們變成人的第一天，我本來想下午去歷史博物館看看展覽，不過，最後發生了這些不可思議的事，沒法依照當天原定的計劃去博物館。

不過……

「一模……一模一樣！」豆豉說。

他左手拿著撕下來的書頁，右手拿著那張宣傳單張。

那段時期，博物館有古埃及的文物展覽，其中一樣文物，就是這個靈墓內的盒子！

「這個盒在香港！在歷史博物館！」我說。

「我們可以……」

「對！找出有關這個世界變成現在這樣的線索！」我說：「不過，歷史博物館在九龍區，我們要怎樣去？現在已經沒有交通工具了。」

「這個你不用擔心，我們……」

就在此時，瞳瞳走了過來。

「原來你們在這裡……」她上氣不接下氣：「我找你們很久了！」

「老婆，發生什麼事？」豆豉問。

「大佬……大佬夕……他說要……反擊！」

「反擊？」

CHAPTER
03
崇光百貨
SOGO

CHAPTER 03 崇光百貨 SOGO 01

中央圖書館的五樓。

這裡變成了難民營巡邏保安隊的部門，夕夕就是這裡的隊長，自願加入保安隊的成員有兩男兩女，他們分別是臉上有疤痕的奶茶、灰色頭髮的 Blue Blue、身型肥胖的發仔，還有長髮的囡囡。

他們的名字都很有親切感，大家都沿用奴才給他們的名稱，作為備類的名字。

或者，大家還是很想念曾經一起生活的奴才。

「發生什麼事？」我看著樣子憤怒的夕夕。

「他們……人類……」夕夕看著桌上的相片。

相片全是赤裸的少女，她們的身上全是污泥，身處的環境非常惡劣，根本不是人住的地方。

相片是由那個叫誅世宰的人類那邊派過來的，她們應該就是每個月送過去給他們的備類少女。

從相片中可以看得出，他們根本不當備類少女是「人」。除了相片，還有一張字條，字條上寫著……

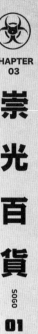

「要十四歲以下的少女」。

「媽的！我們不能再這樣把我們的人送去！我們要反擊！我們要報仇！」夕夕說。

「但他們有武器，我們根本不夠他們打！」奶茶說。

「為什麼他們會有武器？」我問：「是什麼武器？」

「槍械。」發仔說：「他們從北角警署與灣仔舊警署得到了槍！」

「他們其中一個人是警署的人類警員，最初他說去警署拿槍是為了自保，保護難民營的人，最後他們卻把所有的槍都帶走！」發仔接著生氣地說。

果然，人類是最聰明的生物，武器在這個時代是非常重要，不過，最後他們卻用來威脅㹴類，獲得自己的利益。

「去你的！明天出發！我再不能忍下去！我不能讓人類這樣對待我們！」夕夕怒氣沖沖，淚水在眼睛內打轉。

「我們就只有幾個人，要怎樣跟他們對抗？！」發仔說：「他們都有輪班制，人數也不少！」

我看一看發仔驚慌的表情。

「難道叫其他難民營的人一起去對抗嗎？這樣死傷會更慘重！」奶茶說。

「不需要其他人！我們幾個去就行！」夕夕拿出了一把軍刀：「最多跟他們同歸於盡！」

「夕夕，別這樣！你說什麼犧牲自己？別要硬來！」瞳瞳說。

「你們別再阻止我！我已經不能忍下去！你們不去我就一個人……」

就在他想說下去之時……我一巴掌打在他的臉上。

全場人也呆了一樣看著我。

「白痴！你是不是跟我一起看得太多動漫？別要中二病好嗎？不是說要拯救世界就可以拯救世界！不是大叫我要報仇就可以報仇！」我大聲地說：「他們有槍，你只有這把刀，你要怎樣對付那些心狠手辣的人類？」

夕夕低下了頭，就像我養他還是貓的時候，他做錯事總會低下頭不敢正視我。

「你們只做了三年人，不會知道人類有多狡猾與奸詐，不是一鼓作氣就可以對抗他們！」

「那我們要怎麼辦？要繼續把女孩送給他們嗎？」夕夕咬牙切齒地說。

我雙手搭在他的肩膀上。

「不！我不是說不反擊，而是要有計劃才可以行動！」我微笑看著他。

「孤，你有什麼計劃？要如何反擊？」豆豉問。

「我的計劃就是……你們的能力！比人類優勝的能力！」

我指著他們說。

CHAPTER 03

崇光百貨 SOGO 02

一星期後。

崇光百貨對出的軒尼詩道。

天空很藍，而且很靜，從前人來人往的街道變得冷清，而且充滿了惡臭味。

喪屍無處不在，從中央圖書館來到這裡，不時會看到漫無目的走路的喪屍，它們用嗅覺很容易就可以發現我們的存在，慶幸地，阮博士發明了一種叫「空氣」的噴身劑，只要噴在身上，就不容易被發現。

今天是我外出的第三天，我、發仔與夕夕在崇光對面大廈用望遠鏡看著崇光百貨的方向，我要了解他們的管理範圍與日常活動情況，這也是我計劃之一。

當然，夕夕他們不想還未完全康復的我外出，不過，他們沒法制止我，或者，我跟貓相處得久，性格也有點像貓一樣任性，嘿。

「孤，十點鐘方向。」夕夕在我身邊說。

我用望遠鏡看著地鐵站的出口，幾個手執 MP5 衝鋒槍的男人走了出來。

「幾天都一樣時間出來巡邏，看來他們還是有點規律。」我說：「你認得是同一班人？」

「跟三天前的一樣。」夕夕不用望遠鏡也看得非常清楚。

「即是他們會每三天換一批人巡邏，我想一共大約是二十人左右。」我打開了一張紙版地圖：「Sogo 駱克道的出入口幾天也沒有人出入，或者我們可以從這裡進入。」

「孤，其實你想偷進去他們的地盤做什麼？」夕夕問。

「我……」

就在此時，崇光正門的出入口，另一班人走了出來。

「是誅……誅世宰！」發仔說。

除了他與幾個手下，他還拖著幾個人……

幾個全裸的女生，像狗一樣拖著，女生只能在地上爬行！

「她們是……難民營的少女。」夕夕表情痛苦。

三個女生被拖到軒尼詩道與怡和街的交界，誅世宰把她們鎖在一支燈處上，然後其中一個男人把一桶不知道是內臟還是什麼的東西，淋在三個女生的身上。

然後，他們在……等待。

「他們想做什麼？」我皺起眉頭。

不到一分鐘，在怡和街的方向十數隻喪屍衝了過去！不是行走，是像一百米短跑比賽一樣的速度，衝過去！

你們用那些女生來引出喪屍！

誅世宰跟幾個男人舉起了衝鋒槍開始向喪屍群掃射！在他們的臉上出現了笑容，殺戮的笑容！

他們就像在玩一樣！

喪屍一個一個爆頭而死，槍聲吸引了更多的喪屍，直至，他們已經沒法全部射殺。

「他們……」

那群人類見狀不對，立即向後退，留下了綁在燈柱的三個少女，喪屍一步一步迫近！

「我們要去救她們！」夕夕轉身就走。

我用力捉住他的手臂！

「我們要見死不救嗎？她們快死了！」夕夕流下了男兒淚。

「對。」我簡單說出一個字。

我們根本不夠時間去救她們，而且如果我們被發現，計劃將會失敗。

「不，我不是人類！我不像你見死不救！」夕夕把我的手甩開。

我見死不救嗎？

不，夕夕不明白，我們人類有太多事是無能為力，我們已經……

就在此時……

少女頸上的頸圈……

爆炸！

「轟！！！」

接近她們的喪屍全部都炸飛！血水、四肢、內臟全部濺向四周！

除了爆炸聲，我聽到恥笑的笑聲，人類高興地恥笑其他生物死去的笑聲！

就如玩弄其他小動物一樣，把自己的快樂建築在別人的痛苦之上！

誅世宰向著我們的方向看過來！他知道我們的位置？

不，他看不到我們。

在他臉上那個像高潮一樣的滿足表情，我看到想吐！

「夕夕，你剛才問我偷進去地盤做什麼？」我緊握著拳頭：「本來我想救出那些被帶走的女生，現在我改變計劃！」

他看著我強忍眼淚。

「我要他們……血債血償！」

CHAPTER 03

崇光百貨

SOGO 03

晚上，難民營。

我們一群人在中央圖書館對出的空地開會議，火把發出的光把我們的影拉得很長。

「對不起，今天我說你……見死不救。」夕夕看著面前的火堆說。

「不用道歉。」我說：「你們只做了三年人，在人類的世界，有太多事我們是無能為力，你們不明白也很正常。」

「做人真的……」瞳瞳表情悲傷：「很痛苦。」

我明白她的感受，絕對明白。

他們就像我小時候對世界充滿希望一樣，然後，我慢慢長大，才發現童話故事的世界、我所憧憬的世界，根本不存在。

「孤，下一步我們要怎樣做？」豆豉問。

「我們把女人繼續送給他們。」我說。

「什麼？」發仔說：「你的計劃就是跟以前一樣？」

「你也怕了他們嗎？」囡囡說。

「對！結果又是跟之前一樣……」Blue Blue 失望地說。

夕夕、豆豉、瞳瞳沒有非常驚訝，因為他們都很清楚我，我才不會這樣就算。

「怕？我當然怕，他們有武器，而我們呢？」我拿起了地上的樹枝：「我們就只有這些，以卵擊石，我怎會不怕？」

大家也靜了下來。

「不過，怕不代表就這樣妥協，我們還有方法對付他們。」我說：「因為你們有比人類非常大的優勢。」

他們玩弄甚至虐殺備類，已經超越了我的底線，超越了身為人類的底線，不可原諒。

「後天，我們把少女給他們……」我說出我的計劃。

他們會派一隊人來拿取物資與少女，佔他們三份之一的軍力，我們照樣把他們想要的東西給他們，然後在他們回程的路上……

「伏擊。」我在地圖上指著：「我們就在怡和街與信德街的交界伏擊他們。」

他們留心地聽著。

「同一時間，我們從軒尼詩道灣仔方向把一堆喪屍引到崇光的方向，我要他們派另一隊人去應付喪屍群，當然，他們真正要對付的，是在橋上的我們。」我指著波斯富街對出的天橋。

「在橋上，用這個對付他們！」Blue Blue 拿出了一把弓箭。

「沒錯，你們的運動能力與視力都比人類好很多，前幾天的練習，你們已經比我射得更準了。」我說：「到時候，他們只餘下最後三份之一的人，我想那個誅世宰會等待他的『戰利品』歸來，他會在崇光裡等待。」

「我們從崇光駱克道的出入口進入，殺他們一個措手不及！」夕夕說。

「我的計劃就是這樣，把他們的力量分散，好讓我們打敗他們。」我看著火光照著他們的臉：「但有一個最重要的問題。」

「是什麼？」豆豉問。

「殺人。」我認真地說：「我們要殺的，不是變異種與喪屍，是真實的人類，如果我們放過他們，死的人也許會是我們，你們能夠這樣做嗎？」

殺人不是簡單的事，把刀插入別人的身體，然後鮮紅的血水從傷口流出，那一種感覺絕對不好受。

「我們對付的……不是人。」豆豉說：「我認識的人類，是像孤一樣愛貓、愛其他動物的人，這些才叫……人類。」

嘿，我喜歡他的說法。

大家都認同豆豉。

「後天。」夕夕舉起了一支火把：「我們要奪回我們的東西！」

CHAPTER 03

崇光百貨

SOGO 04

凌晨時份，崇光百貨。

誅世宰突然把全部人叫醒，大約有三四百人左右，他在扶手電梯的位置加建了一個看台，他跟幾個手下站在台上。

「哈哈！大家看來都很精神！」誅世宰大笑，露出了他的金門牙。

精神個鬼，全部人也睡眼惺忪，不知道他為什麼叫醒大家。

在這裡生活的人類，為什麼會聽從這個變態的男人？明明知道他對難民營的偹類做盡可怕的事，卻依然唯命是從？

因為「**恐懼**」。

大多人也不願看到偹類被虐待甚至殺害，可惜，他們卻被誅世宰的恐懼支配。誅世宰的團隊有二十多人，他們用高壓的政策去管理，而且馴服於他們的人都會得到保護。

就像本來的人類社會一樣，為了生活與生存，很多人都選擇了助紂為虐，然後就會對自己說出「我也沒法選擇」的藉口，能讓自己好過一點。

真的沒有選擇？

就如某次走私一百五十多隻貓的事件，最後全部貓都被「毀滅」。當有人提出會否有更好的處理方法時，人類開始攻擊那些提問的人，他們都覺得「毀滅」就是當前最好的方法。

人類最喜歡美化自己的惡行，明明是毀滅，卻加上「人道」兩個字，明明是殺害，卻說成什麼「安樂死」。

那些貓自己有說很「安樂」嗎？牠們真的死得很安詳嗎？

用什麼「法律規範」、「保護其他寵物」、「不想有病毒傳染」等等說法也好，無論用什麼說法，也不會改變，這是……

「**殘殺**」。

人類，為了自身，去殺害其他動物，這是不爭的事實。

誅世宰就是利用了人性的「恐懼」去支配這裡的人類。

「這個！」誅世宰指著台下一個快要睡著的男人：「他媽的！你要睡嗎？好，你就睡過飽吧！」

誅世宰三個手下立即走到男人的位置，一左一右把他制伏！

「對不起！我……不……不要！」男人大叫。

誅世宰用手指在自己的頸上做了一個手勢，手下用刀割在男人的喉嚨之上！

血水濺到其他人的身上！再沒有一個人敢烏眉瞌睡，全部人都打起十二分精神。

「很好，看來大家也醒了！哈哈！」誅世宰高興地說：「今天叫大家起身，是因為我剛才收到了最新消息，難民營那班廢物將會向我們作出攻擊！」

為什麼……他會知道的？！

誅世宰說出了難民營完整的計劃，全部人也沒想到貓類會懂得反抗。

「那班廢貓真的不知死活，要對付我們嗎？我們就坐以待斃？才不會呢。」誅世宰走到台前說：「我們的團隊會好好保護你們的安全，然後，把他們通通殺過片甲不留！」

他叫醒全部人就只是想告訴他們，自己有多厲害，他會保護每一個人類。

然後，他的手下拍掌，其他人也跟著他們一起拍。

就像某些國家的領導人一樣，無論說出什麼對策，台下的官員都會像機械人一樣，拍手支持。

誅世宰表情囂張地微笑。

問題是……

他為什麼知道孤的計劃？！

在暗角，一個從難民營走過來的人，偷偷看著誅世宰一群人。

他對著空氣說了一句說話。

「難民營的大家，對……對不起。」

CHAPTER 03

崇光百貨

SOGO 05

把少女交到誅世宰手上的前一個晚上。

兩個十三四歲的啱類少女，躺在瞳瞳的身上，她們的名字叫 Elsa 與雪花。

瞳瞳溫柔地用手梳著雪花如絲的秀髮。

「如果妳們還是貓，應該一歲也未夠。」瞳瞳說。

「做貓是不是很幸福的？」少女 Elsa 問：「我沒有還是貓時的記憶。」

瞳瞳微笑：「很幸福的，如果妳們有一個好的奴才，沒有什麼比做貓更幸福。」

「如果我們被送走，會有什麼遭遇？」皮膚雪白的雪花問。

「別要去想。」瞳瞳用力地抱著她：「我們不會讓他們傷害妳的。」

「媽媽。」

此時，瞳瞳收養的三歲小女孩豆沙走了過來，她手上拿著一本故事書。

「豆沙，怎樣了？」瞳瞳摸摸她的頭。

「爸爸去了哪裡？」豆沙問：「我想他給我講故事。」

「爸爸去了準備東西，他要保護我們。」瞳瞳溫柔地說：「很快會回來。」

瞳瞳看著天上的月亮，她知道這次是他們反擊的最好機會，不容有失。

他們真的要送走這兩個可憐的少女？

一切會按照計劃進行？

不過，他們的計劃已經被誅世宰知道，他們還會有勝算嗎？

還是……

……

…

．

晚上，崇光百貨。

誅世宰知道了孤一眾人的計劃，已經想好了對策，他要在偝類以為會成功之時，反殺他們一個措手不及，在孤他們埋伏的地點準備，來一個螳螂捕蟬，黃雀在後。

這晚他們預先慶祝明天的行動，大家也飲飽食醉準備明天的廝殺。

「啊……」

其中一個手下，左右搖晃走到豬欄附近小便，尿直接流到貓類少女所住的地方，非常噁心。

「媽的，今晚喝太多了……」

就在他自言自語之時，一隻孔武有力的手臂按在他的嘴上！

「擦！」

一下清脆的割喉聲，伴隨著血水一起出現，男人即場死去，躺在自己的尿液之上！

在漆黑的環境之下，只看到一雙發光的眼睛！

他的眼睛，能夠在黑暗中看得非常清楚，就如一雙……貓眼睛一樣。

……

…

.

同一時間，三個喝醉了的男人，睡在一張沙發上，本來，他們是輪班看守的守衛，現在卻像死屍一樣躺在沙發上。

一直以來都沒有入侵者，他們的戒備心已經早不存在。

就在他們熟睡之時，刀已經架在他們的頸上。

其中一個人舉起三根手指在倒數，當他數到一時，三把刀一起割下去！

痛醒的三個男人已經來不及反抗，三人被按著嘴巴叫也叫不出來，很快他們再沒法說話。

「有聲！」他說。

他們的耳朵非常靈敏，老鼠走過他們也可以聽得很清楚。

他們想起了孤曾跟他們說過：「貓的耳朵很靈敏，可以聽到三十至五十赫茲的聲音，還能區別十五至二十九米遠處兩種相似聲音，即使你們變成了人類，也保留了這能力！」

其中一人快步走到門前，因為他聽到了有人從門進入，他立即把刀插入男人的心臟！

男人想大叫，卻被他一手掩著嘴巴！

「這是你們壞人的……報應！」

他再把刀插得更深，男人心臟停止，他慢慢地把倒下的男人放在地上。

他們是誰？

為什麼會來到崇光百貨對付這班十惡不赦的人類？

他看著門外漆黑的方向。

「走吧，現在才是開始！」

雪花

Elsa

臭豬欄之內。

他用大剪刀把鎖在少女腳上的腳鏈剪開。

「沒事了！我們來救妳們的！」

「是……是真的嗎？我們可以回去？」其中一個少女說。

「對！可以回去了！」他說。

赤著身子的她們一起擁抱著他，他有點尷尬。然後，他把帶來的衣服給了她們，他想起了另一個人，第一次見到他們赤著身子時，曾經叫他穿回衣服的畫面。

「嘿。」他苦笑了一下，他終於明白，當時那個人的尷尬感覺。

「妳們穿好衣服後從前方出口走，會有人接妳們離開。」他說：「對不起，我們不應該把你們送給這班人渣的！」

他很內疚，一直以來都只懂得順從誅世宰，也沒有什麼方法與計劃可以對付誅世宰。

直至，「他」醒來後，想出了這次行動的計劃，才把他們備類從絕望的深淵中，再次拉回來。

沒錯，「他」就是指孤。

而這個帶點尷尬男人就是……夕夕。

除了他，還有保安隊的成員奶茶、囡囡與 Blue Blue，另外豆豉與其他男生都來到拯救這群備類女生。

不，不只是拯救，他們要摧毀這個以虐待與玩弄其他生命為樂的「人類集團」，他們……

絕對手軟！

夕夕向崇光百貨的入口進發。

不是明天才開始他們的計劃嗎？為什麼他們已經來到敵人的巢穴？

一切也是他們的「計劃」。

「夕！」

豆豉與其他三個保安隊隊員跟夕夕會合。

「已經救出那些少女。」夕夕說。

「很好！」豆豉托托眼鏡：「我們也解決了守衛。」

「好，我們去他們的睡房。」夕夕說。

奶茶、囡囡、Blue Blue 點頭。

他們四人向著崇光百貨二樓進發，就如貓一樣，不發出任何的聲音，潛入百貨公司！

「應該就是這裡。」奶茶指著扶手電梯旁加建的幾間房間。

囡囡與Blue Blue 的手上已經拿著那幾個守衛的手槍。

「暫時別要用它，會吵醒其他人。」豆豉說：「我們像剛才一樣，在他們不知道的情況之下，偷襲他們。」

「知道！」

他們靜悄悄地走入了其中一間房間，幾個男人已經醉倒，還有兩個赤裸的少女，現在就是他們最好的下手時機。

就在此時……

兩個被捉走的貓類少女耳朵比較敏感，聽到了有人潛入的聲音。

夕夕立即做了一個安靜的手勢！

「我們是來救妳們的！」他用唇語說。

在這麼漆黑的環境，普通人根本看不到他的嘴唇動作，不過她們不是普通人，她們是借類！

夕夕再次想起了孤的說話：「貓的眼睛有夜視功能，能夠在黑暗的環境中看得比人類清楚很多，你們絕對比人類厲害！」

她們兩個女生點頭示意明白，一動也不動呆著。

幾個保安隊隊員已經來到了醉倒的男人前方，然後他們一起點頭。

刀在男人的喉嚨略過，全部男人都被掩著嘴巴，叫也不能叫出來。

與其要說他們是保安隊隊員，不如說他們更像忍者！

孤知道他們的能力都比正常的人類更強，一直也給他們信心。孤曾經有想過，如果貓的所有能力都能夠運用在人類身上，絕對是無人能及的「超人」！

「囡囡，你帶她們兩個離開。」夕夕把布蓋在她們的身上：「其他人跟我到另一房間！」

「好！」

CHAPTER 03

崇光百貨

SOGO 07

崇光百貨內，一切跟平常一樣平靜，看似沒有什麼異樣，不過，只是沒人察覺誅世宰一眾同黨，已經有一半被夕夕他們所殺。

他們幾位「忍者」，已經把房內的男人全部殺死，卻沒見到誅世宰與他的左右手。

「應該在上層。」

他們離開了加建的房間，從後樓梯來到了三樓。

三樓是這裡的居民所住的地方，少數人躺在貨架上睡覺，而大部份人都只睡在紙皮之上，而且傳來了惡臭，比難民營的環境更惡劣。

豆豉與夕夕看著他們，沒想到原來這班人類離開之後，生活會比之前更慘。

這裡的人只是生活在恐懼支配之下，逃過了被喪屍咬死的命運，卻逃不過醜陋的人性。

就在此時，夕夕後方出現了一個人影！

夕夕立即轉身準備攻擊！

「等等！」豆豉叫停。

他們一起看著前方的身影，是一個看似六七歲的男孩。

男孩沒法在黑暗中看清楚他們，不過，他們卻看得非常清楚，可以立即作出攻擊！

不，他們沒有，他們不會傷害無辜的人，更何況是一個小孩？

「你們是誰？」男孩摸黑說：「我去完洗手間，你們是不是想去洗手間？」

「對，我們是想去洗手間，哈！」夕夕尷尬地笑說。

「洗手間在後面。」男孩指著遠處。

「好的，謝謝你。」豆豉笑說。

男孩說完轉身就走，他們也立即離開上三樓。

「不能讓他們生活在這個比地獄更可怕的地方。」夕夕說：「除了我們的喵類少女，我們還要拯救其他被控制的人類。」

奶茶、Blue Blue、豆豉一起點頭。

「走吧！」

就在此時……

「哥哥姐姐，不是走那邊，是另一邊！」男孩回頭看著他們大聲地叫著。

同一時間！

在二樓的守衛被吵醒：「發生什麼事？」

守衛把扶手電梯上方的燈打開，夕夕就在他的眼前！

「你們是……是什麼人？」守衛非常驚慌。

夕夕快速飛出一把短刀，命中他的喉嚨！

「呀！！！」

同一時間，男孩看到男人被殺，瘋了一樣大叫！

「二樓發生什麼事？」死去男人的對講機傳來了沙沙的聲音：「幹嘛有大叫聲？」

「媽的！我們快走！」夕夕看著大叫的男孩：「對不起！」

他們一行人沒有從電梯向上走，繼續從後樓梯而上！

「剛才一早殺了那個男孩……」奶茶一面跑一面說。

「如果我們這樣做，跟那些虐殺弱小的人類有什麼分別？」夕夕說：「不能這樣！」

他們潛入的計劃，已經被一個人類小男孩破壞了！

他們的計劃究竟是什麼？

為什麼會有這次的潛入計劃，而不是把未成年少女交給那些人渣，然後在半路伏擊？

一切，都是因為在那天，孤發現了……

……

：

．

那天，一個從難民營走過來的人，在暗角偷偷看著誅世宰一群人。

他對著空氣說了一句說話。

「難民營的大家，對……對不起。」

是他告訴誅世宰，孤他們的計劃。

……

：

．

那天，凌晨。

發仔從崇光百貨回到難民營，沒錯，就是他把孤的計劃告訴了誅世宰。

發仔沒想到在難民營的門前，已經有人在等待他。

「你們……在做什麼？」發仔固作鎮定地說。

「是我來問你做什麼？」夕夕走上前：「為什麼要凌晨走出難民營？」

「我……只是……」

「是不是去了……崇光那邊？」孤單刀直入問。

「哈哈！怎會！我怎會去了那裡！」發仔尷尬地笑著。

「孤已經發現你了！別要再裝傻！」瞳瞳說。

「發現我什麼？我什麼也不知道！」

「首先，讓我覺得奇怪的是……」孤走到他的面前：「你說他們的槍是從警署拿到的，我在想，你是怎樣知道的？我問過其他人，最初是你說那些是警察的槍。」

「不是警署還有什麼地方會有這麼多槍？」發仔解釋。

「問題在，我已經問過他們，對於槍與警察是有概念，不過至於警署，他們也不知道會有大量槍械。」孤把面移向他：「你又怎知道？」

「這……」

「然後，更讓我覺得奇怪的是……」孤說：「你為什麼知道他們會是輪班制？直至我們監視他們之前，根本就沒有人說過他們是輪班！」

發仔已經不知道怎樣回答。

「最可怕的是，他們引喪屍射殺與炸死三個少女的那天，他們好像有安排一樣，就好像在……表演給我們看！」孤認真地說：「他們為什麼會這樣做？是不是知道我們在監視他們，然後要讓我們害怕，之後不敢作出任何行動，安於現狀？」

孤想起了誅世宰向他們的方向看過來，臉上那個高潮噁心的表情。

誅世宰……是知道他們的存在。

「你是去了崇光把我們的計劃告訴他們，對吧？」孤高聲地說。

夕夕把身型肥胖的發仔揪起：「為什麼要這樣做？為什麼要出賣我們！」

「我沒有……沒有……」發仔不斷搖頭。

「你知道嗎？你間接害死了那三個被虐殺的女孩！」孤指著他。

「不……不是我……不是……」

「為什麼要學人類！為什麼要把我們的事告訴他們！」孤比之前更大聲。

「我……」

然後，他用力地擁抱著發仔，發仔完全不知道發生什麼事！

「別要學人類好嗎？人類都是互相欺騙的生物，你們才不是！你們是……世界上最珍貴的寶物，你知道嗎？」孤說。

他就像人類抱著貓一樣擁抱著他，孤沒有繼續怪責他，他決定選擇……

原諒發仔。

發仔的眼淚流下：「對不起……對不起！是我！我知錯了！知錯了！」

他終於親口承認了。

發仔一直也被誅世宰控制，成為了他的棋子。

發仔愛上了一個人類的女生，他們戀愛了，可惜，當年女生的父母決定了跟誅世宰離開難民營，他們兩人從此分隔。

之後的日子發仔偷偷來到崇光百貨跟那個女生見面，卻被誅世宰發現，然後他要挾發仔做他的告密人，不然會對那個女生不利。發仔為了他所愛的人，只能成為誅世宰的棋子，把在難民營的事通通告訴他，當中包括了孤的清醒，還有他的計劃。

「我也不知道要如何做……我出賣了大家！對不起！對不起！」發仔向著眾人道歉。

「你這樣會把我們全部人都害死，你知道嗎？」瞳瞳還是很生氣。

「老婆，算了，他也是為了所愛的人而已。」豆豉為發仔求情。

「他這樣做，會把你們全部行動的人害死！」瞳瞳說：「你也是我愛的人，我不能原諒他！」

「這是道德心理學其中一個電車難題（Trolley problem）。」孤說：「是要救被綁在列車軌道上所愛的人？還是拉動此杆，把列車切換到另一條軌道，讓列車碾過被綁著的其他五個人？」

「是康德的功利主義！」豆豉說。

在場，只有喜歡閱讀的豆豉，明白孤所說的說話。

「人類是非常非常複雜的動物，其實發仔這樣做，也是很正常的。」孤說。

「正常……」瞳瞳不同意。

孤拍拍瞳瞳的頭，不讓她繼續爭辯。

「不如我們就將計就計……」孤跟在場的人說：「反利用這一點！」

「要怎樣做？」發仔問。

「放心，我們也會救你所愛的人類女生。」孤說：「我們就早一晚潛入他們的基地，殺他們一個措手不及！」

這就是孤他們的「計中計」！

CHAPTER 03

崇光百貨

SOGO 09

崇光百貨內。

潛入行動已經過了一小時。

難民營內。

瞳瞳的身邊，Elsa、雪花，還有豆沙都睡著了。

孤走入了她的露天房間，瞳瞳立即給他一個安靜的手勢。

「她們才剛睡不久，別吵醒她們。」瞳瞳說。

「知道知道。」他輕聲地說。

孤坐到她的身邊，抬頭看著天上的星星。

「如果我有你們的能力就好了，我也可以去崇光那邊幫忙。」孤說。

「不，你回來已經很足夠了。」瞳瞳微笑說：「你是我們的軍師。」

「不是奴才嗎？」孤笑說。

「奴才軍師吧。」瞳瞳莞爾。

「其實當你們還是貓時，我每天回到工作室，你們是不是很期待我回來？」

「當然期待！因為你回來會給我們零食！」瞳瞳笑說。

「因為零食嗎？」他有點失望。

「說笑而已，我們九隻貓都很期待你回來。」瞳瞳想了一想：「唔……我不知道哥哥是不是這樣想。」

「嘿，真希望可以回到從前的生活。」孤說：「如果還有機會的話，我一定會寫本有關世界崩潰的小說。」

「書名是叫《世界末日》？」瞳瞳說。

「不……」孤想了一想：「書名叫……《世界末日還有貓》。」

「沒錯，的確是……還有貓。」瞳瞳突然想到：「對，孤你把手伸出來吧。」

「做什麼？」

瞳瞳把一條親手織的手繩戴上孤的手腕，手繩上吊著一個刻上「㑤」字的小牌了。

「我一直等你醒來，想要親手幫你戴上。」瞳瞳微笑。

孤看著手上的「借」字小牌子：「我很喜歡！謝謝！」

一直以來，他們九隻貓都沒有放棄他，他是知道的。

他抬頭看著星空，心中想：「夕夕、豆豉，還有其他貓，你們一定要平安歸來！」

「孤！！！」

大門前，出現了兩個人影，叫著他的名字，因為只有月亮的光線，他看不清是誰。

就在孤沒有準備之下，那兩個人……

撲向他攻擊！

崇光百貨五樓。

誅世宰已經發現了潛入者，不過，夕夕他們在晚上行動還是有優勢。

五樓曾是男裝恤衫及配襯飾物部，滿地都是那些名牌衣物，這裡就是誅世宰真正藏身的地方。

當然，還有不少已經被殺死的喪屍屍體，他們根本沒想過把屍體清走。

最初，誅世宰選擇崇光百貨是非常聰明的做法，地底層有食物，其他樓層有禦寒衣物，上層還有電器用品，他可以在這裡生活上很長的日子。

「地下層與守衛入口已經沒有回覆，現在我們怎樣辦？」手下問誅世宰。

誅世宰沒有說話，樣子非常憤怒，因為他知道自己被擺了一道。

誅世宰一巴打在手下的臉上：「怎樣辦？怎樣辦？我怎知怎樣辦？！」

「我們有一半人沒法聯絡，可能被殺了，我們在昏暗的地方沒有勝算！」另一個手下說。

「去你的！我們手上有槍怕什麼？」一個魁梧的男人說。

此時，另一個戴上眼鏡的男人走了過來，把一樣東西掉在桌上，這個男人叫牛炳強，曾經是警署的高層。

「這是……」

「飛虎隊用的夜視鏡。」牛炳強奸笑，手槍上彈：「嘰嘰，我們就當是打獵吧！」

「哈哈！在百貨公司打獵！好！我喜歡！」誅世宰把夜視鏡戴上。

一個自稱為正義的警署高層與一個變態的動物殺手，在這個時代竟然成為了拍檔，他們兩個人都知道，要在這個沒有道德與法律的世界上生存，就要跟那些不擇手段的人合作。

什麼是正義？

在這個時代根本就沒有所謂的正義，能夠生存下去，就是……

「正義」。

不擇手段的正義。

CHAPTER 03

崇光百貨 SOGO 10

夕夕他們已經來到了五樓樓層。

「根據發仔的情報，他們如果不在二樓，就會在五樓，大家要小心。」夕夕說。

「不過他們喝醉了，而且晚上我們有絕對的優勢。」奶茶說：「我們可以……」

奶茶還未說完，一下槍聲響起，同一時間，奶茶的額角噴出了血水！

他們幾個人呆了一樣看著還保留著笑容的奶茶，可惜，他已經……即場死去！

「奶茶！」豆豉大叫。

「快躲起來！」夕夕把還呆著的 Blue Blue 拉走。

子彈繼續落在他們的身邊，夕夕心中想，為什麼他們會準確打中奶茶的頭部？！

「出來！你們幾隻垃圾貓快出來！哈哈！」話一說完，誅世宰向天上開槍。

夕夕的問題，答案已經出現，誅世宰與牛炳強等人，戴上了夜視鏡站了出來，他們可以在昏暗環境中看到夕夕他們的位置！

「奶茶……奶茶……死了……」Blue Blue 還驚魂未定。

「冷靜！冷靜！」夕夕一巴掌打在他的臉上：「我們還未輸！還未！」

夕夕拿出了手槍，汗水滴在槍身之上。

「媽的！你以為我們中了你們的計嗎？想偷襲我們？」誅世宰說：「我跟你們說，殺死你們之後，我們就去難民營來一場大屠殺，把你們全部借類殺死！哈哈哈！」

「不要……不要！我不會讓你們這樣做！」Blue Blue 已經沒辦法控制自己，他衝了出去。

「Blue！」

他向著誅世宰的方向掃射！

「呀！！！去死去死！」

可惜，誅世宰一眾人已經躲了起來，不擅長槍械的 Blue Blue 根本沒法打中任何人。

「砰！」

「又一個。」牛炳強說。

牛炳強準確地一槍打中 Blue Blue 的胸口，他痛苦地倒地！

「你們玩完了嗎？到我們了！」

魁梧的男人與誅世宰的左右手向著夕夕與豆豉方向掃射！

夕夕與豆豉沒法走出去救他，只能看著Blue Blue痛苦地死去！

「我引開他們，然後你開槍！」夕夕跟在另一邊的豆豉做了口型。

「不要出去，他們會殺了你！」豆豉的汗水流下。

「只有這個方法可以對付他們！」夕夕說：「我數三聲，我會向左飛奔走過，我的速度很快，他們未必會打得中我！」

「但……」豆豉想阻止他。

「三……二……」夕夕在數著。

「你在數什麼？」

夕夕還未數完，牛炳強已經來到了夕夕的前方，他居高臨下地用手槍指著夕夕的頭！

「我幫你數……」牛炳強奸笑：「一！」

……

…

.

崇光百貨二樓。

已經改邪歸正的發仔，來到了二樓，跟深愛的人類女生恩子重聚，還跟在場的人類解釋現在所發生的事。

「他們是來救你們的！」發仔說：「他們想把你們從恐慌中解救出來！」

「但問題是如果他們失敗了怎樣辦？」在場的其中一個人類問。

「對！反抗真的有用嗎？如果我們聽你的話，到時會不會是我們被虐殺？」另一個人類問。

「不如你們快走吧！別來搗亂！」

「不，如果把他捉給誅世宰，我們可能會有獎賞！」

「對對對！」

在場的人類開始逼向發仔。

「發仔……」在發仔身邊的恩子說。

「等等……大家……」發仔與恩子不斷向後退。

人類開始議論紛紛，明明就是夕夕他們想來拯救他們，卻得不到人類的支持，反過來，他們在怪責他們愚蠢的行為。

「人類真的是白痴！全部都是自私鬼！」

此時，一把聲音從扶手電梯處傳來，一個眼睛不同顏色的女生走了上來。

「一早叫孤只救我們的人，而不理你們！」她說。

她是……瞳瞳！

CHAPTER 03

崇光百貨

SOGO

11

崇光百貨五樓。

牛炳強的槍指著夕夕的額角。

「我幫你數……」牛炳強奸笑：「一！」

突然！

一把刀插入了牛炳強握槍的手，他的手槍立即脫手！

他正想看著刀飛來的方向，有一個人已經敏捷地跳到他的身邊，一刀插入他的心臟！

「你、太、慢、了！」她說。

魁梧的男人看到牛炳強被突擊，他害怕自己也被攻擊，立即向牛炳強的方向掃射，他連牛炳強也一併射死！

「自己人也殺嗎？真像你們的作風！」一把女聲在魁梧男人耳邊說。

魁梧男人本想轉頭看，卻被她手上的長針插入了兩邊的耳蝸，他立即吐血死亡！

不到數秒，誅世宰的左右手與手下，已經被快速的身影攻擊倒下！

他們有夜視鏡也沒用，因為對方的速度實在太快！

誅世宰的手下通通倒下，只餘下他一個人向著四方八面開槍，直至他的子彈打光。

「怎樣了？你是在浪費子彈嗎？」她笑說。

「像你這樣的人類，在世界上消失了更好！」另一個她說。

玻璃被打破，月光的光線照入了室內，那兩個說話的女生……

是她們！

……

…

．

半小時前，難民營。

「孤！！！」

大門前，出現了兩個人影，叫著孤的名字，就在他沒準備之下，那兩個人……

撲向他攻擊！

不對，那不是攻擊，而是……擁抱。

深深的擁抱。

「你沒事就太好了！」

「我還以為你不會醒過來！」

孤被突如其來的擁抱嚇到，完全不知道發生什麼事：「妳們是……」

「怎麼現在連我們也忘了嗎？」她說：「你是不是睡太久了？」

孤還未看到他們的樣子。

「喂喂，妳兩個快把孤抱到窒息了，快放手吧！」瞳瞳笑說，她已經知道是誰。

「知道，媽媽！」她說。

媽媽？

她們兩個放手，孤看著她們。

「僖僖？豆花？！」孤呆了一樣看著他：「是僖僖跟豆花！是妳們！」

這次，到孤擁抱她們。

僖僖跟豆花在孤變成變異種後，決定了四處流浪，這天正好回來到難民營，探望瞳瞳他們。

「夕夕呢？豆豉也不在，他們去了哪裡？」僖僖問。

孤把最近發生的事，簡單地告訴她們兩個。

「不行！我們要去幫助爸爸！」豆花表情擔心。

「不，很危險！」孤說。

「孤，他放心吧，我跟豆花這三年的流浪時間，每天都在鍛煉。」僖僖說。

孤認真地看著她們兩人，雖然還是很纖瘦，但身體都非常強壯，完全不像弱質纖纖的女子，僖僖與豆花這三年，已經變得非常堅強。

「沒時間了！我們快出發！」

……

…

.

崇光百貨五樓。

「僖僖！豆花！」豆豉高興地叫著。

「爸爸你有沒有受傷？」豆花問豆豉，視線卻沒有離開過誅世宰。

「我沒事！」豆豉立即走向Blue Blue看看他的傷勢。

「媽的！」夕夕用手槍指著誅世宰：「你這人渣！」

「別開槍！求求你別要殺我！」誅世宰把沒子彈的槍掉在地上：「我不會反抗，別殺我！」

夕夕一槍打在他的大腿上，誅世宰只能單腳蹲在地上。

「你求我？被你虐殺的女生有沒有求過你？你有放過她們嗎？」夕夕的槍抵著他的額頭。

「大哥別要殺我！我知道你們在找那個古埃及的盒子！」誅世宰像狗一樣在地上叩頭：「關於那個盒，我知道你們不知道的事！」

「夕夕，等等。」豆豉叫停他。

「發仔把你們的事都告訴我了，我知道盒子的秘密！」誅世宰說：「我全都告訴你！」

「是什麼秘密？」夕夕問。

「你們跟我來，我給你們看！」誅世宰哭著臉說。

他們四人互相對望。

「應該沒問題，我們四個人隨時都可以殺了他。」倩倩說。

「對，如果他要什麼花樣，一刀把他解決！」豆花說。

豆豉點頭。

「快說，要去那裡？」夕夕問。

「二樓！」

CHAPTER 03

崇光百貨

SOGO 12

崇光百貨二樓。

瞳瞳與孤也來到了，他們走到二樓加建的台上。

「一早叫孤只救我們的人，不理你們！」瞳瞳說。

「誰要你救？妳連自己的族類也保護不了，還要救誰？」台下的人說。

「你……」

瞳瞳本想反駁，孤卻阻止了他。

「我也是人類。」孤出場就表明了身份：「幾星期前我還是變異種，現在我已經變回正常的人類。」

「什麼？你一定在說謊！喪屍根本不可能變回人類！」

孤苦笑，在瞳瞳耳邊說：「人類真的很麻煩，嘿，全部都不相信別人，或者，是被騙欺得太多次了。」

瞳瞳點頭。

「你們信不信也好，我根本不在乎。」孤語氣變得沉重：「或者你們已經失去了『希望』，甚至已經覺得這個世界已經變得『絕望』，不過，因為我的貓……不，偛類沒有放棄我，三年後，我變回人類。你們也有家人吧？你們不想那個在外的家人可以變回人類嗎？」

他用「溫情」去包裝所說的話。

孤知道，人類文明還在的時候，網上任何社交平台散播得最快一定是「仇恨」，只要有「仇恨」的存在，每個人都會變成了道德判官，互相發佈仇恨言論，不過，排在「仇恨」之後，就是……「情」。無論是愛情、親情，甚至是愛動物之情，通通也會得到別人的讚賞。

「我們一定可以把誅世宰打敗！」孤指著天上：「他們的統治手法也許可以保護到你們，不過，他卻把別人擁有的東西奪去！這樣的社會你們覺得是對的嗎？不，談不上是社會，只不過是他一個人的想法，他們的所作所為，你們是真心認同？為了生存寧願別人痛苦，甚至其他人被虐殺、被強暴也繼續當沒事發生？」

在場的人開始議論紛紛。

「當我們打敗誅世宰以後，中央圖書館的偛類可以讓你們再次入住，怎說也比現在你們住在豬欄一樣更好，不過，你們要接納備類，不再以仇恨，又或是用比人類低一等的眼光去看待備類。」孤說。

「對！我跟恩子也可以相愛對方！」發仔說：「人類與備類是可以共存的！」

恩子點頭。

孤看著在場的幾個小孩子，他們或者不知道孤在說什麼，不過，如果世界繼續不變，孩子在未來將會是最重要的人類資產，不能讓他們一世也過著仇恨的生活。

「你說什麼也沒有用，誅世宰不是這麼簡單就可以被你們打敗！」另一個男人在台下說。

「對！我們真的可以保護我們嗎？別要說廢話！」

保護保護保護，你們這群人自己不懂保護自己的嗎？

孤心中想，拳頭緊握。

他開始懷疑，幫助他們是不是一件正確的事。

就在此時，有人從後樓梯走下來。

他們是夕夕、豆豉、僖僖與豆花，還有舉起雙手的誅世宰。

孤微笑，他知道他們……成功了。

「大家看到了嗎？我們已經打敗了誅世宰，你們還要跟隨一個這個的人渣嗎？」孤指著誅世宰。

此時，豆豉走到孤的身邊，說出誅世宰知道古埃及盒子的秘密，他說「秘密」收藏在二樓的貨倉之內，現在夕夕就帶他去貨倉。

「貨倉？為什麼會在貨倉？」孤在懷疑。

「我也不知道，但他死也不說是什麼秘密。」豆豉說：「只說我們看到就會知道。」

孤看著貨倉的方向，誅世宰用力地拍打貨倉的門，然後用鎖匙準備打開貨倉門。

「他為什麼要……先拍門？」孤在自言自語：「有人在貨倉？」

突然，孤腦海中出現了一個畫面！

「別要讓他打開倉門！」孤大叫。

他的腦海中，出現了……血腥的畫面！

CHAPTER 03

崇光百貨

SOGO

13

誅世宰。

一個認為自己被社會遺棄的人渣，在原來的世界，他只能用虐殺動物來顯示自己的強大。

他看著家中被他切下頭顱的貓，沾沾自喜，他認為自己可以操控生殺大權，他就是世界最厲害的人。

他的狗屎邏輯想法根深蒂固，誅世宰愈殺愈多不同的動物，雙手沾滿了鮮血。

人類的文明崩潰後，他才發現，這裡才是屬於他的世界，他可以隨意殺動物，甚至是人類，他成為了自己心中的強者。

文明崩潰，也不是每個人類都覺得是一件壞事，現在這個混亂的世界，才是誅世宰最想要的生存環境。

他媽的最希望出現的世界！

……

…

．

崇光百貨二樓。

誅世宰打開了貨倉門……

「秘密就在裡面！」他回頭看著夕夕他們。

夕夕看著漆黑一切的貨倉，什麼也沒有。

突然，在貨倉的深處傳來了聲音，聲音愈來愈接近。

誅世宰拍打倉門，就是要讓「它們」知道……放飯了！

「裡面……」僖僖認真地看著漆黑的貨倉，她好像看到了什麼。

同一時間，誅世宰快速地甩開他們，轉頭就走！

「別要走！」夕夕用槍指著他。

突然，在貨倉門前一隻喪屍飛撲向夕夕！

「小心！」豆花快速把他推開。

不只是一隻喪屍，而是一群喪屍從漆黑的貨倉一湧而上！

「砰！砰！」夕夕把其中一隻的頭打爆。

僖僖與豆花也在對付喪屍，喪屍的數目愈來愈多，他們沒法一一清除！

「哈哈哈哈！」已經逃走遠遠的誅世宰大笑：「我沒跟你們說嗎？我有個儲東西的嗜好，我由兩年前開始就開始……儲、喪、屍！要死，我們一齊死！」

二十隻？三十隻？五十隻？！

大量的喪屍從貨倉湧出，他們以短跑的速度奔向在場的人群！

人群慌忙走避，人踩人的情況出現，有更多人走避不及，被喪屍咬死！

被咬的人類又會變成喪屍，數目愈來愈多！場面非常混亂，就如變成了地獄一樣！

「大家快逃走！」在台上的孤緊張說：「樓梯方向！快逃到地面！」

「救我！救我的孩子！」一個女人抱著一個嬰兒，她已經被喪屍咬到，肩膊在流血。

瞳瞳抱過那個男嬰：「快上來！」

「不……」女人在搖頭，因為她知道自己已經被咬，將會變成喪屍：「幫我照顧他，求求妳！」

「現在可能有疫苗……」

瞳瞳還未說完，那個女人已經走開，她看著那個手抱嬰兒，緊緊抱著他。

夕夕、僖僖、豆花在努力地殺喪屍，阻止它們殺死更多人類，可惜數目真的太多，他們也只能後退！

而且被咬的人，無論是不是已經死去，在不久又會變成新的喪屍，他們根本沒辦法把它們全部消滅！

「夕！我們要走了！」僖僖一刀把喪屍的頭顱劈斷。

「但還有很多人未走！」夕夕用力扭斷喪屍的頸。

「我們不能救全部人！」僖僖拉著他：「現在快逃吧！」

「但……」

「豆花！跟我來！我們逃出去！」僖僖大叫。

「知道！」豆花把喪屍踢開。

另一邊台上。

「孤，我們不能再留下來！」瞳瞳抱著嬰兒說。

孤沒有回答她，只是呆了一樣看著台下的血腥畫面，喪屍不斷在咬死在場的人，比他早前幻想的畫面更血腥、更可怕！

他握緊拳頭，他什麼也沒法做到！

什麼也沒法幫忙！

他心中想，一定要把這個世界改變！

幾經辛苦，他們終於逃出了百貨公司，可惜，能夠逃出生天的人只餘下三份一。

他們合作封鎖崇光百貨所有出入口，不讓喪屍走出來。

「他被喪屍咬了！」一個男人大叫。

「殺了他！」

「不要！我沒有變成喪屍！我沒有！」

根本沒有人聽他的說話，幾個男人在地上隨手拿起武器把那個被咬的人活生生打死！

孤想上前阻止，卻被瞳瞳拉著，孤回頭看了她一眼，瞳瞳搖頭。

她搖頭的意思是不能把這些被咬的人帶回去，因為疫苗還未真正研發出來，如果把他們帶走，可能會禍及難民營的人。

孤明白她的想法。

僖僖提議把整座崇光百貨燒掉，這是她兩年流浪的經驗，這是最有效阻止喪屍逃出來的方法。

孤也認同，他們把幾箱誅世宰收藏在豬欄的烈酒拿出來，大家合力把酒倒在崇光百貨的範圍，然後點火。
因為百貨公司雜物眾多，很快已經開始燒了起來。
「奶茶、Blue Blue，你們安息吧。」豆豉看著火光說。
火勢繼續蔓延，很快已經向上燒，同時，傳來了可怕的慘叫聲音。
孤他們知道被咬的人可能只是會變成「變異種」，而不是「喪屍」，不過，暫時都只有孤一個人可以變回人類，他們沒法收容所有變異種，要先等待阮博士研發出真正的疫苗。
火一直燒下去，孤、夕夕、豆豉、瞳瞳、僖僖、豆花一起看著紅紅的火光，心中一點都不好受。
他們成功救出少女，可惜，上百條生命就這樣死去。
一切都是因為誅世宰。
他死了嗎？還是逃了出來？他是死是活根本沒有人知道。
「我們也不能待太久，還有很多喪屍在附近，先回去吧。」夕夕說。
「嗯。」豆豉說：「我們要安置生還的人類，還有很多事要忙。」
「豆花、僖僖妳們也先回去休息吧。」瞳瞳說。
「媽媽，我很想念妳。」豆花像小女孩一樣擁抱著瞳瞳，然後看著她手上的嬰兒：「這個是……？」

「他媽媽已經死去，現在由我來把他養大。」瞳瞳看著孩子微笑：「豆沙之後，你們又多一個弟弟了。」

「太好了！他叫什麼名好？」豆花用手指點點他的臉頰。

大家也看著孤，因為他們的名字，也是由他改的。

「就叫豆……」他想了想：「豆苗吧！」

貓與儲的右面是一個苗字，「苗」代表植物的幼苗，代表了新的開始、新的成長，簡單來說，就是代表了人類的新開始……

人類的新希望。

他們也很滿意這個名字。

「好吧，我們快回去難民營吧！」孤笑說。

……

…

.

五小時後。

中央圖書館難民營的居民非常合作，安排曾離開過的人類回來難民營，他們有些曾是朋友，不過因為當時誅世宰誘惑他們，他們才選擇離開。

只要人類減少自己野心，人類與借類，的確是可以共同生活。

孤、夕夕、僖僖、瞳瞳、豆豉、豆花，還有保安隊的囡囡與發仔，以及被救出的借類少女，他們在墓前鞠躬。

墓前寫上了奶茶、Blue Blue，還有早前送到誅世宰手上被殺死的少女名字。

墳墓內當然沒有他們的屍首，不過，孤決定了用這個方法，去紀念在這個世界犧牲了的借類。

這是人類紀念逝者的一種方法。

「人，是會死兩次。」孤在為死去的人致詞：「第一次，是肉體的死去，心跳停止的一刻；而第二次，就是完全被人遺忘，再沒有人記起自己，這才是……『真正的死去』。你們是不會死第二次，永遠不會。」

「《殺手世界》。」豆豉說。

孤輕輕點頭。

豆豉已經把孤的書全部看過一樣，他知道這段*致詞是《殺手世界》最後的一幕故事。

「願逝者安息。」孤說。

全部人再次向墓前鞠躬。

「我們不能讓犧牲的人死得沒有意義。」孤回頭看著他們：「我們要改變這個世界！」

大家也看著他，因為孤貓們都知道這個傻瓜，總是會言出必行。

「對了，孤，這隻錶還給你。」豆豉把本來屬於孤的白面橙針 ExplorerII 手錶遞給他。

「不用了，現在『時間』對我不重要了，我又不需要趕稿，嘿，你就代我戴著它。」孤微笑說：「我有更重要的事要做。」

「我們下一步？」豆豉問。

孤看著在場的人，吐出了兩個字。

「遠征！」

* 致詞內容，請欣賞孤泣另一小說系列《殺手世界》。

Human civilization
ends,
cat
civilization
begins.

CHAPTER 04

遠征

Expedition

CHAPTER 04 遠征 Expedition 01

灣仔會展十字會難民營。

這是香港島三大難民營其中一個，而且是發展得最好的地區。

因為會議展覽中心正舉行寵物展，這代表了會展中儲備了大量的……「寵物食品」。

在人類生活的正常社會，物質豐厚，根本不會想到有一天，他們需要吃寵物的食糧維生，貓罐頭、狗罐頭、貓糧、狗糧，甚至是兔仔、倉鼠、烏龜等食糧，現在也變得非常珍貴。

「罐頭已經只餘下半年的份量。」妹妹說。

「是這樣嗎？」哥哥看著手上的存貨資料：「這只能暫時減少配給了。」

哥哥與妹妹來到會展難民營，成為了這裡管理食物的人員，他們也做得非常好，要哥哥打打殺殺當然不行，不過對於管理，哥哥反而很能幹。

「難民營知道要減少配合一定很失望。」妹妹說。

「不。」哥哥看著會展外的田地：「我們的食物種植計劃快要完成了，很快可以收割，到時會有更多的食物，只是跟他們說，你們不用再吃『貓貓狗狗的罐頭了，可以吃真真正正種植的食物』，我想他們會樂意接受。」

「哥哥。」妹妹看著自己的同胞兄長。

「怎樣了？」哥哥撥撥他頭上的白色瀏海。

「你變成人以後，好像愈來愈聰明。」

「妳是笑我以前做貓時蠢嗎？」

「不，我覺得做貓浪費了你！膽子太小！」妹妹奸笑。

「我現在也不大膽，要我出去面對那些喪屍與變異體，我才不要！」哥哥說。

「你還是這麼膽小？我就是要來找你一起遠征！」

此時，幾個人走向了他們。

他們是夕夕與僖僖。

「夕夕！」妹妹高興地撲向夕夕，夕夕把她抱起。

「僖僖妳不是去了流浪嗎？」哥哥高興地說：「為什麼你們會來？豆花呢？」

「她隨後過來，快到了。」僖僖說：「我想你們見到豆花還不算最興奮。」

「為什麼？」

因為除了豆花以外，還有一個人。

一個三年沒跟他見面的「奴才」。

「你兩個看來很精神呢，妹妹妳好像肥了！」他說：「哥哥為什麼你會高了？」

哥哥與妹妹一起看著他，沒有多半句說話，他們一起走到他的身邊擁抱著他。

「孤你終於醒來了！太好了！」妹妹流下眼流。

「你身體可以嗎？沒有問題？」哥哥問。

「我……我很好……不過我快窒息了……」孤說。

「對不起！」

他們兩個都笑了，因為太興奮，忘記了孤才醒來不久，身體還是很虛弱。

「好吧，大家先坐下來，我們有事跟你們說。」夕夕自信地說：「而且想了解現在會展難民營的情況。」

「好！我們到二樓吧，可以看到海！」哥哥說。

他們一行人來到了會展的二樓，他們在走廊的位置加建了餐廳，可以看到整個維多利亞港，而且是自然採光，陽光充沛。

夕夕他們說出了在崇光發生的事，哥哥妹妹沒想到孤一醒來，已經帶領⿰亻苗類走出重重黑暗。

「才不是我帶領，是你們一直也堅持相信我。」孤笑說：「你們呢？這裡有沒有被其他人類入侵？」

「這裡暫時是世界上最和平的地方。」

一個矮小，面形扁扁的男人走了過來。

「你好，我是這裡的主管，我叫……炒蛋。」

CHAPTER 04 遠征 Expedition 02

「炒蛋？你不會是……」我驚訝地說。

「沒錯，我就是姬雪的貓。」他說：「我們曾經在她的家見過一面。」

*姬雪曾經跟我合著《戀上十二星座》，炒蛋就是她養的貓！

「姬雪呢？她人在哪裡？」我問。

他搖搖頭說：「在三年前，我跟她失散了，到現在還未找到她，也許……」

「不會的！她一定還在某處生存著！」我說：「等待跟你相遇。」

在這個逆境的世界，我們還是需要希望。

就算是極渺茫的希望，我們也要相信。

「謝謝你的鼓勵。」炒蛋說：「不過，我覺得生存的機會很渺茫。」

看來在這個滅絕時代（Extinct Age）生存下來的人類與傗類，都有一份悲觀的情緒。

炒蛋說出了在會展難民營的事，人類與傗類會以公平的方法得到生活的資源，除了一些小問題，人與備暫時還可以相處得融合。

不過，或者炒蛋不太明白人類，我們是世界上最可怕的生物，要人類和平共處，不是簡單的事，暫時沒問題，不代表之後沒問題，如果出現一個像誅世宰的人類，就會變成中央圖書館難民營一樣的情況。

然後，我告訴了炒蛋，在中央圖書館難民營發生的事，希望他明白我不是不相信人類，而是對待人類要更小心。

「對，你們為什麼要來會展難民營？」炒蛋問。

「一定是孤想見我們！」哥哥高興地說。

「當然，我很想你們，還有其他的孤貓。」我說。

「我也很想你！」妹妹說。

「其實我們本來是想去一個地方，所以順路來找你們。」夕夕說。

「要去哪裡？」哥哥問。

我指著維多利亞港：「對面。」

從中央圖書館難民營來到這裡，已經過了兩天時間，不是路程遠近的問題，而是一路上都出現大量的變異種與喪屍，就算我們噴上了阮博士發明的「空氣」噴身劑，只要有一大群喪屍在街上，我們還是沒法順利隱身通過。

街上的喪屍比我想像中多，我沒法想像，八成的人都變成了喪屍與變異種會是這樣情況。

這三年，在這環境生存下去，真的不簡單。

因為這次測試「陸路」的路線非常艱巨，更讓我有決心走另一路線……「水路」。

「我們想從水路到對面。」我說：「這樣可能會比較安全。」

「你指的對面是什麼地方？」妹妹問。

「九龍區尖沙咀。」我說。

我的下一個目的地，就是尖沙咀漆咸道南……香港歷史博物館。

我要找尋那個刻著聖書體「RESTART」的盒子，也許，盒子會有拯救世界的方法。

夕夕向他們解釋我們發現聖書體盒子的事，他們也覺得當中一定有什麼關係。

「因為我們在外流浪多時，比較熟識外面的環境，所以跟著一起來。」僖僖說。

「而且我們可以保護孤。」豆花笑說。

現在反過來，是我被保護了，嘿。

「我也想跟你們去……」哥哥低下了頭。

「明白的，你就留在這麼幫助有需要的人類與備類吧。」我拍拍哥哥的肩膊。

我明白，哥哥從貓時已經很內向，外出的事不適合他，現在他找到了自己的位置，我才不想他離開。

「雖然我不能跟你們去，不過我也可以幫到你們！」哥哥說。

「是什麼？」夕夕問。

哥哥自信地說：「灣仔碼頭！」

＊姬雪，《戀上十二星座》合著作者，詳細請欣賞《戀上十二星座》。

CHAPTER 04

遠征

Expedition

03

兩天後。

灣仔碼頭對出的灣仔繞道。

夕夕、僖僖、豆花，還有哥哥、妹妹，我們一起從會展向灣仔碼頭出發。

我們在繞道隧道附近，遇上了一大批喪屍。

「我們找第二條路吧！」夕夕說。

「不用，你們等我。」豆花走上前，手中拿著一個圓球玩具。

「花……不要去。」我在擔心她。

僖僖捉住我的手臂，然後跟我點頭。

豆花走出了行車路，把那個圓球玩具的電源打開，玩具發出了貓唱歌的聲音！

「喵喵喵～喵喵～喵喵～」

喪屍立即被聲音吸引！

「趁現在我們走吧！」信信說。

「豆花不會有危險？」妹妹問。

信信非常自信地說：「放心吧，她已經不是以前的小孩子。」

我知道，信信與豆花已經在外生活了很長時間，已經學習到如何在這樣的環境「生存」，現在，反而是她們可以保護我們。

「走吧！」信信說。

我們一行人立即衝向灣仔碼頭的方向！因為喪屍都被豆花引開，我們只需要應付少數的喪屍。

「孤，小心！」

信信一刀把走向我的喪屍斬殺！

「你別要擔心豆花！她不會有事的！」信信再次提醒我：「還有，我也會保護你，別怕！跑！」

同一時間，我見到夕夕揮動著棒球棍，他在保護哥哥與妹妹。

「知道了！」我快速地向前跑。

沒辦法，從前是我照顧他們，現在我要放心讓他們保護我！他們的體能與實戰經驗比我強太多了，我不需要想太多！

無論是從前還是現在，我只是一位奴才，一個深愛著他們的奴才。

奇怪地，我臉上出現了笑容，一面笑一面跑，那份感覺就像自己的孩子終於長大，本來由我照顧的，變成可以照顧我。

我不知道用了幾多時間，終於跑到去灣仔碼頭，我氣喘如牛，立即回頭看！

哥哥妹妹緊隨其後走到我身邊，然後是僖僖、夕夕，不久，豆花也出現在我眼前！

「孤，看來你的體能還是要加強呢。」僖僖笑說。

「他才剛醒來，別要太勉強他吧。」妹妹說。

我看著他們氣也不喘，我就知道，我的體能有多弱。

「它們被我引到繞道的另一邊，現在安全了。」豆花說。

我走向她，用手把她臉上的血水抹走：「小花，看來妳比我強多了。」

我想起她以前還是貓時，經常看著我叫，撒嬌要我摸她。

她對著我笑，就好像當時撒嬌一樣。

「哥哥，你說的船呢？」夕夕問。

「這邊！」

哥哥走向一艘遊艇，遊艇的船身有明顯撞破的痕跡。

「這遊艇可以開的嗎？」我問。

「沒問題的！」哥哥自信地說：「這遊艇是Sunseeker 130，二零一二年出產，全長39.11米，我已經把它修理好，而且加大了引擎的動力。」

「我們有時會用它去海中打魚。」妹妹接著說。

她一面說一面替豆花受輕傷的手臂止血。

「我們可以用這遊艇過去對面海！」哥哥說。

「但我們沒有人懂駕駛遊艇。」夕夕說。

「放心吧，我對操舵非常有信心！」哥哥說。

「你不是不想跟我一起去的嗎？」僖僖問。

哥哥跟妹妹對望了一眼。

「我跟哥哥決定了，都會跟你們一起去！」妹妹拍拍腹部一直帶著的包包：「我也是難民營的醫療人員，雖然我沒能力對付喪屍，不過我可以治療傷勢！」

「很好！這樣才是我最愛的妹妹！」夕夕抱起了她：「這次的行動一定會成功！」

我看著他們。

夕夕是最好的領導者，豆豉擁有人類的知識，瞳瞳能照顧老弱，僖僖與豆花懂得在外生存的技能，哥哥擁有修理機械與駕駛的技術，妹妹熟悉醫療技巧。

還未見到豆奶與豆腐，不知道她們又有什麼能力呢？

我看著那艘遊艇，突然想起了《One Piece》的「烈陽號」，而我跟主角路飛一樣，擁有一群非常強大的船員。

「孤！你過來看！」哥哥把我從船頭帶到船身的位置。

在船身上寫著……

「孤貓號」！

CHAPTER 04

遠征

Expedition 04

孤與其他孤貓出發前的一天。

荃灣某商業大廈，就是孤泣工作室位處的大廈。

這裡成為了香港三大難民營之一，二十樓曾經是孤泣工作室，現在成為了瞭望台。

「二家姐，十一點方向。」她說。

在對面大廈的停車場，有一隻喪屍走入了「禁區」，二家姐二說話不說用來福槍射向十一點的方向，準確地命中其中喪屍。

她放下了來福槍：「每天都在做同一工作，真的有點悶。」

「我也覺得啊！早知道就跟大家姐與僖僖一起去探險吧！」一頭長白髮的她說。

她們就是豆氏三姊妹的二家姐豆奶與三妹豆腐。

「不知道爸爸他們有沒有治好了爺爺呢。」眼大大的豆奶說：「我記得，小時候還是貓時，我患上FIP腹膜炎差點死去，爺爺當時很擔心我，而且沒有放棄我，最後把我救回來了。」

「所以妳同樣擔心爺爺？」豆腐說。

「妳不也很擔心嗎？妳不想他嗎？」豆奶指指豆腐手臂上的粉紅色頸帶。

這是豆腐還是貓時，由出世到長大一直戴的貓頸帶，是孤在日本買給她的。

此時，一個男人走入了孤泣工作室。

「豆奶！豆腐！收到中央圖書館難民營寄來的信！」

這個男人是人類，他在人類世界未崩壞之前是做郵差的，現在他成為了三個難民營唯一的信差。

「是爸爸媽媽的信！」豆腐高興地說。

他們打開了信看，字體非常工整，是豆豉的手筆。信內說孤已經醒過來、僖僖與豆花回來、在崇光發生的事，還有現在他們已經向香港歷史博物館出發等等。

她們兩姊妹的眼淚在眼眶中打轉。

「太好了，全部都是好消息！」豆奶高興地說。

「香港歷史博物館嗎？」豆腐問郵差：「你知道在哪裡嗎？」

「當然知道，我在尖沙咀郵政局做過，就在尖沙咀！」男人說。

然後他們兩個對望了一眼。

「二家姐，妳不是覺得在這裡很悶嗎？」豆腐樣子古古惑惑，想出了什麼小計謀。

「悶！超悶！」豆奶不斷點頭。

「你們不會是想……」男人看著她們說。

「我們什麼也沒有想！」豆腐說。

「好吧！我去準備一下！」豆奶高興地說。

很明顯，她們兩個都有同樣的想法，男人只能對著她們苦笑。

XXXXXXXX

灣仔碼頭。

「孤貓號」終於出發，如果以水路去到尖沙咀，只需要二十分鐘的船程，比在陸路遇上喪屍安全很多，而且快很多。

哥哥駕駛著遊艇，其他人到船頭討論之後的計劃，孤在遊艇內找到一張地圖，他把地圖鋪在桌面上。

「我們要去的位置就在這裡。」他圈著漆咸道南的一所建築物：「如果我們在天星碼頭下船要走二十分鐘左右。」

「為什麼不在更近的地方下船？」夕夕指著尖沙咀海濱花園對出的地方。

「因為船未必可以泊岸，我們不可以讓這艘遊艇有任何損壞，不然，我們回中央圖書館難民營要很久時間。」孤分析。

「沒問題的，就從天星碼頭下船吧，二十分鐘的路途也不是太遠。」信信說。

此時，遊艇的引擎突然停下。

「發生什麼事？！」

CHAPTER 04

遠征

Expedition

05

才出發沒多久，遊艇已經壞了？最大問題是，他們全部人都不懂游水！

哥哥走了過來，他還搬起了一個大籃子。

「別怕，是我停下來的。」哥哥笑說：「我經常在這海中心看著藍藍的天空休息。」

原來遊艇沒有壞，只是哥哥想讓大家輕鬆一下。

他們一起看著藍天，附近什麼也沒有，沒有喪屍，也沒有血腥的味道，就只有海水與藍天白雲。

哥哥打開了大籃子。

「這是我種的番薯！」妹妹笑說。

「我們在這裡休息一會吧，你們就知道為什麼我會把船停下。」哥哥說。

孤明白哥哥的心意，二話不說走到可以曬到太陽的甲板躺了下來，看著藍藍的天空。

然後，夕夕、僖僖、哥哥、妹妹、豆花也一起躺在他的身邊，一起享受大自然的陽光。

很舒服。

沒有可怕的喪屍叫聲，就只有海水的聲音。

這三年來，他們都像活在一個人間地獄之中，現在卻可以悠閒地享受陽光與海的洗禮。

「哥哥，你果然沒介紹錯。」夕夕合上了眼睛微笑。

「如果爸爸媽媽，還有我兩個妹妹也一起來就好了。」豆花看著白雲慢慢地移動。

「現在我們像不像做貓時一樣，在孤泣工作室看著天空上的白雲？」僖僖說。

「很像！不知道我們還會不會變回貓呢？」妹妹說。

「然後，像現在一樣一起看著藍天與白雲。」哥哥說。

從高處看著他們六個人躺在甲板上。

不，是一個人與五隻貓的畫面，他們都悠閒地在休息著。

這一刻，世界能不能回到從前一樣已經不重要，他們只想享受屬於他們的平靜時光。

多一秒也好。

孤貓與奴才的……快樂時光。

同一時間，美孚地鐵站。

豆奶與豆腐已經從荃灣向尖沙咀出發。

「二二家姐妳又說地鐵站很安全，妳看看月台上有很多喪屍！」豆腐說。

「我以為不在地面走比較好！我也沒想到會這樣！」豆奶說。

她們選擇了從荃灣西鐵站開始走，跟著地鐵站名與鐵路，以為很快已經可以去到尖沙咀，誰不知地鐵的路錯綜複雜，用了半天時間才來到美孚地鐵站。

而在美孚地站的月台上，有過百隻喪屍正在漫無目的地四處走。

「我們靜靜地走過去，別發出聲音。」豆奶說。

奶們一直沿路軌走出月台，月台上的喪屍沒有注意到她們。

她們非常成功，已經來到了月台的一半，腳步也很輕，沒有發出過大的聲音。

「二二家姐！」豆腐輕聲地叫著。

「別發出聽，我們很快就離開了！」豆奶說。

「不是……」豆腐說：「妳……聽到嗎？」

「我只聽到妳多口說話，我……」豆奶停了下來。

她們的耳朵都比人類更靈敏，尤其是豆腐，她的聽覺比其他僵類更靈敏，她說的聲音不是由月台傳來，而是由……鐵路前方！

「這是……什麼聲音？」豆奶停了下來。

就在前方的鐵路，一個模糊的影快速地走近……

一隻有八隻手，不，還是八隻腳？像蜘蛛一樣爬行的人，快速走向他們！

在蜘蛛眼睛位置出現了三個人類的頭顱！它張開了血盆大口，一直從鐵路衝向兩姊妹！

不，不是一隻，而是五隻、十隻、二十隻！

「這……這是什麼？」豆腐呆了一樣看著。

「別問了！我們快逃！」

然後，她看著月台上的喪屍……

現在她們已經無路可逃！

CHAPTER 04

遠征

Expedition 06

「變異種進化」。

在這三年時間，變異種症候群的病毒就如新冠病毒不斷變種，當人類變成變異種後（還有心跳），病毒在人體之中不斷進化，超越了生物學領域的認知。

在變異種「肚餓」的情況下，如果沒有新的生物血肉補充，變異種會咬食同類，病毒再次出現交叉感染，出現了新的變異種進化。

豆奶與豆腐遇上的「怪物」，就是由數隻變異種一起進化而成，如果說喪屍已經不是人類，那現在、這隻還有三個人心跳的進化變異種，也算是「人」嗎？

回到美孚地鐵站。

「我寧願對付月台上的的喪屍！也不想跟這三人面蜘蛛接觸！快爬上去！」豆腐大叫。

豆腐先從鐵路爬上月台，豆奶用力把她推上去，然後豆腐握著豆奶的手，把她拉上來。

月台的喪屍已經發現了她們，衝向她們，在昏暗的地鐵站內，也可以看到喪屍那一對紅眼白黃瞳孔的眼睛！

「砰！砰！砰！」豆奶向著撲面而來的喪屍開槍。

「二家姐，槍聲會吸引更多的喪屍！」豆腐拿出一支改造的伸縮矛刺向喪屍。

「我知道了！」豆奶拔出一把短劍攻擊面前的喪屍。

她們二人雖然在這三年裡已經知道要怎樣對付喪屍，不過，在月台上的喪屍實在太多，她們只能節節後退！

不只是喪屍，三人面蜘蛛已經爬上了月台！

「它們……」

三人面蜘蛛有兩個人以上的高度，豆腐已經看清楚，它擁有六隻手、兩隻腳，其中兩隻腳與兩隻手用來支撐身體，其他的手就是用來……捕捉獵物！

它一手把一隻喪屍捉起，然後把它帶到口邊一口咬下！進化變異種，還會以喪屍為食物！

數隻三人面蜘蛛一起看著兩姊妹的方向，因為它們嗅到「最香的肉」。

「它……它們看著我們……」豆腐口也在震。

她們兩人已經退到寫著「美孚」兩個字的藍色牆上，在牆上有一道銀色大鐵門，可惜，她們沒法打開！

她們已經被喪屍與三人面蜘蛛包圍！

「怎……怎樣辦？」豆腐躲在家姐身後。

豆奶擋在豆腐身前：「我們……我們衝上去吧！」

豆奶指著左面的樓梯。

「怎樣衝？！這麼多喪屍！」豆腐說。

「我也不知道！不然留在這麼我們會死！」

「妳沒有計劃的？別要亂說好嗎？我們衝出去死得更快！笨奶！」

「笨奶？妳又想到什麼方法？只是會叫二家姐、二家姐的！蠢多毛！」

「什麼？妳才是又惡又蠢的哥斯奶！」

「妳才是最無腦的多毛！」

正當她們你一言我一語之時，一隻三人面蜘蛛已經衝向她們！豆奶雖然罵著妹妹，不過，她是想保護妹妹的！

她向三人面蜘蛛開槍，可惜只打中其中一個頭，她沒法把它停下來！

就在她們快要被殺之時……

突然！

「妳兩個變了人類後，還是這麼喜歡吵架的嗎？」

一把聲音從大鐵門傳來！

大鐵門打開了一道門縫！

「妳們快進來吧！」

……

…

．

同一時間，尖沙咀天星碼頭。

「孤貓號」已經在碼頭泊岸，可惜他們幾個人還未下船。

「僖僖、豆花，這些……這些是什麼生物？」哥哥看著岸上的東西。

「我也不知道……」僖僖也目瞪口呆。

「妳們怎會不知道？！不是外面流浪了很久嗎？」妹妹說。

「我們見過其他的古怪生物……卻沒見過這樣的怪物！」豆花說。

在他們面前是……

CHAPTER 04

遠征

Expedition

07

可以用「生物」來形容他們面前的「東西」？

他們面前的「東西」至少有五米高，就像長頸鹿一樣，身體由不同的人類器官組成，有一條非常長的頸，在頸的頂部是一個像馬一樣的人類扭曲頭顱。

它沒有任何表情，全身與頸部在流著黑色的血水，非常噁心。

不只是一隻，有四五隻這樣的怪物，在碼頭外漫無目的地踱步。

「我見過馬頭人、牛頭人等等，從來也沒有見過這麼龐大的怪物！」僖僖抬起頭看著它。

「嘔……」妹妹看到它腐肉的身體，也吐了出來：「為什麼會有這些生物？」

「進化。」孤走上前看著：「或者，變異種擁有自己一套適應生存的進化模式。」

在遠處，其中一隻人形長頸鹿把頸伸長，頭顱伸入一棟大廈的三樓內，然後它吃著三樓樓層內的腐爛屍體。

因為地面已經沒有食物，所以它進化成有長頸的身體，可以吃到更高的食物！

「我們的目的不是生物研究。」夕夕說：「它們沒有發現我們，我們就不用理會它，直接去歷史博物館吧！」

「大佬夕說得對！」哥哥樣子非常驚慌：「我不想去對付那些怪物！」

「不，哥哥你不用出發。」孤拍拍他的手臂：「你就留在船上，等我們回來後接我們走吧。」

「但……」

哥哥正想說話，夕夕打斷了他，也拍拍他的肩膊：「你很重要的，我們能不能回去就靠你了！」

「我明白了。」哥哥明白孤與夕夕的一片苦心。

「至於妹妹……」孤說。

「我跟你們一起去！」她抱著夕夕的手臂：「如果有人受傷，我可以立即治理！」

孤與夕夕對望了一眼。

「好吧，妳就跟我們去吧。」夕夕拿出了地圖：「僖僖！豆花！就以妳們流浪的經驗帶路吧！」

「哈！」僖僖首先跳下遊艇：「根本不需要什麼經驗，我們一直也是見步行步！走吧，我們的孤貓團隊！」

「我們是最強的團隊！」豆花高興地說。

一個又一個下船，孤看著他們的背影，突然覺得充滿了信心。

「你們要小心！我等你們回來！」哥哥說。

一行人回頭看他，然後給他一個讚的手勢。

就如一幅漫畫的插圖。

他們離開遊艇後，從人形長頸鹿的跨下穿過，那隻怪物因為頭顱在高處，沒有發現他們。

「看來沒問題啊！」豆花說：「怎說它們都只不過是沒有思考的生物。」

「噓！別要這麼大聲，被聽到就麻煩。」夕夕說。

豆花給他一個鬼臉。

他們沒想到不只有幾隻，而是有幾十隻不同的人形長頸鹿，他們小心翼翼地從它們下方走過。

「這邊！」

他們轉入了梳士巴利道，這裡已經變成了一個滿佈高樓大廈的樹林，帶頭的僖僖突然停下來。

在他們面前，有一隻細小的人形長頸鹿，因為它還未長高，能夠看到他們！

它身上的爛肉像一支支針一樣豎了起來！如果有密集恐懼症的人見到，會覺得非常的噁心！

「它看著我們！」妹妹驚慌地說。

「它沒有立即向我們攻擊……」孤說：「別怕，我們慢慢離開它的視線。」

一行人看著那細小的人形長頸鹿，慢慢地向左面打橫走，不想驚動到它。

它沒有任何動作，只是呆呆地讓他們走過。

「看來成功了！」豆花說。

就在此時，他們發現了一個問題。

不只是眼前細小的人形長頸鹿，連其他的人形長頸鹿都突然全部停止了活動。

「為什麼會這樣？」夕夕看著不遠處另一隻人形長頸鹿：「是不是怕了我們？哈！」

孤皺起了眉頭，他感覺到有點不妥，他想起了貓在害怕時也會炸毛，這是貓的危險防禦反應。

那些人形長頸鹿，全身也一支支針豎起了！

突然！

他們聽到了巨響！

「媽……媽的！」

人形長頸鹿害怕的，不是孤他們幾個人類，而是在梳士巴利道的東西……

巨型的「人蟒」！

CHAPTER 04

遠征

Expedition

08

美孚地鐵站。

豆奶與豆腐躲進鐵門後，喪屍與三人面蜘蛛在門外不斷拍打大門，可惜它們沒法進入，她們暫時安全。

她們跟著那個人一直走，環境非常昏暗，根本看不清楚這個人是誰。

走了大約兩分鐘，她們來到有光的地方，終於看到了這個人是誰！

「原來妳是……思婷？」豆奶大叫。

「對，是我。」

思婷本來是孤泣工作室的員工，出事的那天她正好放假，所以沒有跟孤貓們在一起。

「聽到妳們吵架，我就知道是妳們兩個。」思婷笑說。

「對！OPPA還沒死，他現在在中央圖書館難民營工作！」豆腐想起了OPPA是思婷養的貓。

「真的嗎？太好了！那隻矮腳仔竟然會工作！」思婷高興地說：「我很想念他！」

他們開始互訴這三年來發生的事，從進入了「滅絕時代」後，大家都過著艱苦的生活，因為在地面已經沒有安全的地方。

「為什麼妳不去難民營？廣播呼籲大家去避難。」豆奶問。

「妳覺得我還可以相信人類？」思婷反問。

的確，在這個文明崩潰的時代，除了喪屍與變異種，更可怕的就是人類。

「那些怪物呢？為什麼會出現？」豆腐想起了三面蜘蛛，打了一個冷顫。

「妳們沒有見過嗎？」思婷好奇地問：「這只是B級的進化變異種，還有更高級的存在。」

「我們在荃灣從沒見過！」豆腐說。

一直也躲在荃灣的她們的確不知道會出現進化變異種，也許，在世界各地已經出現了她們完全不能想像的「生物」。

「那妳一直住在這裡？」豆奶問。

「不，我現在住在『更深』的地方。」她說：「那裡才最安全，妳們跟我來。」

她們三人來到了盡頭，思婷從一個打開的坑渠蓋一躍而下，他們來到了地鐵站的下水道，轉了幾個彎，終於來到了她所住的地方。

在又濕又髒的下水道，搭起了大大細細的帳篷，這裡住了幾十個人類。

豆奶與豆腐走過，坐在帳篷外的小女孩臉上非常骯髒，頭髮也好像很久沒有洗過。

豆奶蹲了下來，本想摸摸小女孩的頭，可惜女孩遇到陌生人非常驚慌，她躲進了帳篷內。如果要比較，這裡的環境絕對比難民營更差。

「妳就是住在這裡？」豆腐問。

「對，至少這裡還算安全，不過，有時有喪屍掉入下水道時，我們就要對付它。」

思婷來到自己的帳篷，跟豆奶與豆腐坐下來，此時，一個男人走了進來，他不是人類，而是備類。

他的名字叫阿炭，他長有一頭灰色的頭髮。

「思婷妳不是去地鐵站出去找吃的嗎？為什麼這麼快回來？」阿炭問。

本來思婷是想到地面找食物，正好遇上了兩姊妹。

「因為她們吧。」思婷說：「她們是我以前工作地方生活的貓。」

「原來是同類！兩位美女幸會，妳們叫我阿炭就可以了！」他高興地伸出手。

兩姊妹只跟他微笑，看來她們也學了媽媽瞳瞳的高傲。

「阿炭，你別要見到美女就流口水。」思婷看著他說：「不過阿炭可能可以幫妳們，因為他非常熟悉地下水道。」

「有什麼要幫忙？我阿炭為了兩位美女赴湯蹈火，在所不辭！」

才見了一面就赴湯蹈火嗎？豆腐心想。

「她們想去尖沙咀歷史博物館。」思婷說。

「沒問題！我可以帶妳們去，比正常時間快兩倍以上！」阿炭大叫。

「真的嗎？」豆奶高興地說。

「我們找到孤他們以後，會再來找妳！」豆腐說：「之後再安頓你們這裡的人！」

「好。」思婷點點頭，她捉住她們兩個的手：「代我跟 OPPA 問好，還有，妳們一定要小心！」

「兩位白白的美女，妳們想何時出發？」阿炭問。

她們兩個互望了一眼然後說。

「現在！」

阿炭

Human civilization
ends,
cat
civilization
begins.

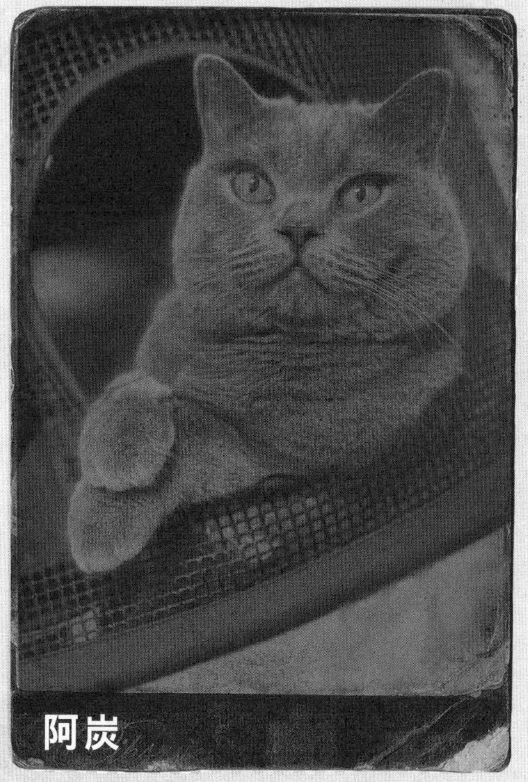

CHAPTER 04 遠征 Expedition 09

尖沙咀梳士巴利道。

至少有一個籃球場般的長、頭部有鐘樓一樣大的進化變異種「變異種人蟒」，出現在梳士巴利道！

它的身體是由無數的人類、㑤類、喪屍、變異種，還有其他的生物組成，皮膚凹凸不平，人類的手腳與頭顱也成為了它皮膚的一部份！變異種人蟒在地上滑行移動，發出了噁心的碎裂聲音！

人蟒見到人形長頸鹿立即把它一口咬下，人形長頸鹿的上半身被咬去，血水從下半身噴出！

變異種人蟒的等級，絕對是屬於A級！

「快逃！」夕夕大叫。

孤貓一行人快速逃離梳士巴利道！

可惜，變異種人蟒對「食物」的嗅覺非常敏感，最好吃的不是人形長頸鹿，而是人類與㑤類！

變異種人蟒看著孤一行人，它的目標就是他們，最美味的食物！

「外面……外面的世界真的是很危險！」妹妹說。

「我從來沒見過這麼大的怪物！」豆花緊張地說。

「看來是我們把它吸引過來！」僖僖一面走一面說。

「轉入橫巷！」孤大叫。

橫巷狹窄，巨型的人蟒沒法走進來！

它用四隻眼看著逃跑的他們，體積巨大的它根本沒法轉入橫巷，就好像人類在殺老鼠時一樣，牠們逃回水渠，人類也沒法對付牠們。

現在他們五個人，就像變成了五隻坑渠老鼠一樣！

「媽的！」夕夕轉身看著噁心的人蟒，然後給它一個中指手勢：「噁心蛇，你追不到我們的！」

夕夕還沒說完，一條長蛇舌伸向他們！蛇舌捲著走得最慢的妹妹！妹妹大叫！

「妹妹！」

夕夕立即回頭，拔出軍刀插入蛇舌之上！可惜，巨型變異種人蟒不痛不癢，把蛇舌收回嘴巴內，連同妹妹一起！

「呀！！！」妹妹痛苦地大叫。

夕夕用力捉住蛇舌，不讓它縮回嘴巴內！同一時間，孤與豆花也一起用力捉住蛇舌頭，他們就像在拔河一樣，不同的，對手不是人，而是一條巨蛇！

「快想方法！」夕夕大叫：「不然我們全部人都會被它吞下肚！」

「僖……僖僖呢？」孤問。

僖僖從他們的身邊飛過！她的目標不是蛇舌，而是……蛇眼！

她拔出武士刀，一躍起跳！

「快放開妹妹！」

僖僖大叫，同時把武士刀插入巨蛇其中一隻眼球！

巨型變異種人蟒痛苦地大叫！它本想把舌頭收回來卻發現沒法這樣做！

夕夕在地上拾起一支尖的鐵支，然後用手上的棒球棍打在鐵支之上，把蛇舌緊緊地釘在牆上！

「別要當我們是……食物！」夕夕用盡全力打在鐵支。

蛇吞鬆開，孤把妹妹抱回來懷中，豆花知道妹妹得救立即走上前支援僖僖！

「老女人！接著！」豆花把一樣東西掉給僖僖。

「什麼老女人？！妳這個豆丁再說一次！」僖僖生氣地說。

豆花跟她微笑，然後她手上也拿著那個「東西」。

一個……手榴彈！

她們兩個人一起拔出安全針，掉入人蟒的嘴巴之內！

「快逃！」

「轟！」

巨型變異種人蟒口腔內發出了爆炸的巨響！它的頭向後縮，舌頭立即撕裂成兩邊！

「為……為什麼她們會有手榴彈？」孤呆了一樣看著走回來的僖僖與豆花。

「誰知道，哈。」夕夕扶著妹妹說：「不過，看來巨型怪物都不是我們對手！」

的確，由孤想到走入橫巷開始，他們合作一起對付這龐然大物，而且非常成功。也許，進化變異種人蟒不算是「生物」，它介乎在生物與死物之間，沒有「智慧」就是它們的致命傷，對於「合作」，它根本就不是擁有智慧的人類與借類對手！

進化變異種人蟒沒有死去，只是落荒而逃，他們再次集合在一起。

「妹妹你沒事嗎？」僖僖問。

「還好，不過衣服都粘粘的，很噁心。」妹妹說。

「快脫下外套吧！不要了！」豆花說。

「我們還是快離開這裡。」孤說。

大家也點頭，然後繼續向著歷史服博物館出發。

他們遇上沒有智慧的進化變異種，可以輕易對付，但如果是……

「有智慧」的呢？

保留著人類腦袋、人類智慧的……「特化」變異種，會存在嗎？

在梳士巴利道對面的大樓三樓，一個赤裸「黑影」正全程看著剛才發生的事。

他就是……

擁有人類智慧的……**「特化變異種」**。

S級的變異種。

它跟著孤一行人的方向走……

Human civilization
ends.
Cat
civilization
begins.

219
218

CHAPTER 05
博物館
Museum

CHAPTER 05

博物館

Museum 01

世界發生變化的前一天。

孤早上回工作室的途中。

「那班百厭貓不知道會不會又在工作室搗亂。」他在自言自語：「今晚看來又要留在工作室趕稿了。」

突然！

德士古道對出一輛汽車與一輛貨車相撞，發出了巨響！

「發……發生什麼事？」

幸好，兩個司機也沒有生命危險，他們還走下車互相理論。

「你怎樣駕車的？你知道我們貨車的都是古董文物！你弄壞了怎樣賠！」貨車司機說。

「是我問題嗎？明明就是你跟車太貼！」汽車司機說：「現在是你撞到我！」

孤沒時間看他們爭論，他只想快點回到工作室看看他九隻貓。

他經過貨車的車尾，車尾門微微打開，一個樣刻文字的盒子從車尾掉了出來，而且盒子還打開了。

盒中有一面小鏡子，陽光打在鏡子上，光線正射向了在行人路上的孤，他只是用手擋著光線，沒有多理會。

這個盒子，就是那個刻上聖書體文字的盒子。

「今天哪隻貓會第一隻出來迎接我呢？」他傻傻笑著：「我想應該是大佬夕！」

他心中只有自己的貓，若無其事地離開，沒想到第二天，將會發生……不可思議的事。

中央圖書館難民營。

豆豉正在翻閱記載有關那個聖書體盒子的書籍。

「光……鏡子……」他在翻譯著一句聖書體：「時……時空？！」

豆豉皺起眉頭。

「老公發現了什麼？」瞳瞳一面照顧著人類的嬰兒一面說。

「最早提出地圓說的是古希臘哲學家……」

「什麼是『地圓說』？」瞳瞳問。

「就是地球是圓的說法。」豆豉解釋。

瞳瞳似懂非懂，她繼續聽下去。

「公元前三百多年，哲學家亞里斯多德總結出三個科學方法來證明大地是球形，而埃及第三十一王朝即是公元前三四三年至前三三二年為止的時間，當時也只有少數人相信地球是圓的，更何況是有關……『時空的概念』？」

「你意思是說，時空的想法不可能存在於那個時代？」瞳瞳反問。

「對！但在我翻譯的聖書體文章中，出現了大量有關『時空』的內容，當時連地球是圓也沒有人相信，怎可能會有人想到了時空的概念，而且用聖書體記錄下來！」

豆豉打開一本巨量的書，他指著上面一張石壁畫。

「還有，在這張石壁畫上是寫著跟盒子一樣的聖書體，在下面的文字我翻譯過來後，都是有關病毒的內容，最讓我覺得奇怪的一句……」豆豉拿出一張寫滿字的紙：「貓將會消失於世界，換來的就是變成人的貓。」

「跟我們現在一樣！」瞳瞳驚訝地說。

豆豉點點頭：「我可以確定，像現在的情況曾經在世界上出現過，如果沒有猜錯就是古埃及第三十一王朝滅亡的原因，不過，當時被破壞的範圍就只有古埃及，而現在卻是整個世界！」

「那有什麼方法可以復原嗎？」瞳瞳問。

「我還沒有找到資料。」豆豉失望地說。

他看著紙張上自己翻譯的一句句子。

豆豉想起了孤最初在工作室醒來後，總是說是今天應該是星期一，而不是星期五。

那句句子是……

「五天後的世界。」

CHAPTER 05

博物館

Museum

02

歷史博物館附近，一個地上的坑渠蓋打開。

「阿炭，我們到了嗎？」豆腐問。

「兩位美女，已經到了！」阿炭高興地說。

他們三人從坑渠走出來，在他們的眼前就是歷史博物館。

「我就送妳們來到這裡了，兩位美女妳們自己要小心。」阿炭說：「這裡會出現很多怪物！」

「有什麼怪物？像那些人面蜘蛛一樣嗎？」豆奶問。

「或者都會有，總之妳們要小心！」阿炭擔心地說：「我會等妳們回來！」

豆腐與豆奶對望了一眼，然後一起擁抱著阿炭。

「謝謝你帶路。」豆奶說。

「放心吧！我們沒事的！」豆腐笑說。

阿炭流下了高興的眼淚，除了是被兩個美少女擁抱，他想到的是，不知道會不會跟她們再次見面。

她們跟阿炭道別後，向歷史博物館出發，她們走上了長梯來到博物館的門前。

「要怎樣才可以找到夕夕他們？」豆腐問。

「很好的問題。」豆奶說：「四處找找吧，我覺得一定可以找到。」

的確，這兩姊妹根本就沒有任何計劃，只是想快點跟大家會合，幫助大家。也許，她們在荃灣待得太久了，想走出那座讓人窒息的大廈。

「走吧！」

就在她們準備走入博物館之時，有東西在她們身後飛過！

兩姊妹立即回頭看，什麼也沒有！

「多毛，妳聽到嗎？」豆奶動動她的耳朵。

「聽到！嗡嗡嗡嗡聲！是什麼東西在我們身後飛過？」豆腐看著對出的平地，什麼也沒有。

聲音又在她們身後傳來！嗡嗡聲是翅膀在空氣中拍動的聲音！

突然！

「呀！」豆腐大叫。

不知從那個方向，有東西撲在豆腐的背上！

豆奶看清楚，是一個像人類小孩一樣大小的東西，撲在豆腐的背上，它全身啡紅色，頭部成盾形，臉上有淡黃色的紋邊，身體上有六隻手腳，它的外表就像一隻……

巨型的飛蟑螂！

它是進化變異種飛蟑螂人！它的手腳纏在豆腐身上！

「什麼東西！」豆腐看不到身後的飛蟑螂人。

「別要動！」豆奶已經拔出了手槍指向它：「妳繼續亂動我就打不中它！」

「很癢！我怎樣不亂動！」豆腐不斷轉動身體。

飛蟑螂人的手臂上長滿了細毛，讓豆腐非常痕癢！

「砰！」

豆奶開出一槍，打中飛蟑螂人的眉心，它從豆腐的背上掉在地上。

豆腐看著飛蟑螂人，有一種作嘔的感覺。

「妳不怕會打中我的嗎？如果妳打中我怎辦？！」她生氣地說。

「我一早叫妳別要亂動，那就不會打中妳了！」豆奶反駁。

她們兩姊妹又在吵架，看來她們的感情的確很好。

就在她們吵架之時，她們再次聽到拍翼的嗡嗡聲！不過這次不同，不是一隻，而是一群嗡嗡聲！

她們立即向上看，過百隻飛蟑螂人被槍聲吸引而至！

「太……太多了！很噁心！」豆奶開槍打下飛蟑螂人。

「都是妳開槍吸引它們來了！」豆腐用伸縮矛刺向一隻飛蟑螂人。

「我不開槍，它一早咬妳了！」豆奶繼續開槍。

她們本想逃到博物館內，可惜兩姊妹被飛蟑螂人包圍，寸步難行！

飛蟑螂人面目猙獰，撲向她們兩姊妹，它們要吸食他們新鮮的血！

就在此時，一支棒球棍飛向其中一隻飛蟑螂人，把她從豆奶身上打落！

「妳兩個怎會在這裡？」

兩姊妹看著棒球棍飛來的方向，說話的人是……

大佬夕！

CHAPTER 05
博物館
Museum
03

就在豆奶與豆腐來到的一分鐘前。

「應該就在三樓。」孤看著歷史博物館的海報說。

孤一行人已經進入歷史博物館，準備找尋那個聖書體的盒子。

「你們聽到嗎？」豆花看著剛進來的大門：「好像有什麼聲音。」

「別理會了。」夕夕說：「我們走吧。」

「不，好像是……」

豆腐與豆奶吵架的聲音，身為家姐的豆花當然聽過，她最清楚兩個妹妹的聲音！

「我去看一看！」豆花回頭去。

「等等！」夕夕想叫著她。

「她跟媽媽一樣任性就是了，夕夕你跟著她去吧。」孤說。

夕夕點頭，然後跟著豆花走向大門大門前。

「豆奶？豆腐？」豆花看著她們兩個被飛蟑螂人包範。

夕夕立即飛出棒球棍，打飛一隻在豆奶身上的飛蟑螂人！

「妳兩個怎會在這裡？」夕夕大叫。

「我們來找你們的！」豆奶說。

夕夕看著他們身邊大批的飛蟑螂人，正在想方法救她們！

「別要欺負我兩個妹！」

豆花衝向大批飛蟑螂人。

「大家姐！」

三姊妹奮力對抗上百隻飛蟑螂人！同一時間，孤他們也走到大門前！僖僖也加入了對抗蟑螂人！

「怎會這麼多？」妹妹看著大門前的飛蟑螂人：「怎樣辦？」

「等等……」孤在想著一個問題：「為什麼它們不走入博物館？」

他想起了人形長頸鹿動作停止是因為害怕巨型人蟒！

「大家快逃回博物館內！」孤大叫。

夕夕衝向了豆奶與豆腐的位置，拾起了地上的棒球棍攻擊飛蟑螂人！殺出一條血路！

同一時間，僖僖與豆花引開其他飛蟑螂人的注意，幾經辛苦他們一行人終於走進了博物館內！

他們七個人，一起看著大門前數百隻飛蟑螂人，它們的手腳不斷密集地揮動，非常噁心，不過慶幸地，它們沒有踏入博物館一步！

孤回頭看著昏暗的博物館內。

飛蟑螂人連踏也不敢踏進來，這代表了，博物館內會有更可怕的東西存在。

豆奶、豆腐交代了前來的原因。

「你兩個為什麼會在這裡！」夕夕看著豆奶與豆腐大叫：「妳們這樣走來，豆豉和瞳瞳會很擔心！」

「大家姐不也是四處流浪嗎？」豆腐不屑地說。

「對！而且我們可以幫忙的！」豆奶低下頭說。

「怎會相同！妳家姐跟僖僖一直也……」

夕夕本想說下去，卻被僖僖阻止：「帶她們回去見父母再罵吧，現在，有更重要的事要做。」

僖僖跟孤一樣，看著昏暗的博物館內，她也感覺得到，將會有可怕的事會發生。

「在……三樓。」妹妹看著場刊：「古埃及展覽！」

「好，我們上三樓吧，大家一定要小心！」孤回頭跟他們六個人說。

跟六隻孤貓說。

他們一起點頭，而豆奶與豆腐走上面擁抱著他，還有豆花，已經三年多沒見了。

這三姊妹一直也是孤最疼愛的，小時候她們一生病，他就是最擔心的人。不過，現在她們已經長大，有足夠的自保能力，而且還可以保護孤。

「夕夕，豆奶豆腐的事，安全回去再說吧。」孤認真地說。

「我明白了。」夕夕當然明白孤的心情。

「一家人要齊齊整整回去！」孤認真地說。

「好！」

他們一起向著博物館內部出發！

……

…

‧

一小時後……

CHAPTER
05

博物館

Museum

04

我的雙手染滿了鮮血。

那個樣刻上文字的盒子，就在我的手上。

我的眼淚滴在盒子之上。

我緩緩地把盒子打開，盒子有一塊鏡子，在鏡子中，我看到正在流淚的我……

那個表情非常痛苦的我……

然後……

然後……

然後……

CHAPTER 05 博物館 Museum 05

荃灣某商業大廈工作室。

我從書桌爬起，才發現已經是天亮。

「呵～」

「又趕稿趕到睡著了。」我搓搓眼睛，然後看著落地玻璃外的藍天白雲：「又是一天的開始，呵～」

自從有了自己的出版社後，工作量變得非常大，在工作室睡著已經不是第一次，所以在洗手間我已經準備了牙膏牙刷，睡醒之後就去梳洗，然後就是新一天的工作。

剛才，我發了一個很長很長的夢，在夢中，我家九隻貓變成了人類，跟我一起在文明摧毀的世界冒險。

「嘿，這故事還不錯。」我摸摸正在貓盤睡覺的夕夕。

他看著我，被我弄醒後打了一個呵欠。

做貓的生活真好。

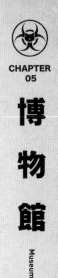

「啊？」我突然發現：「為什麼我會流眼淚？」

是因為剛才的那個夢？

不過我完全忘了夢的細節，只記得是跟我家九隻貓有關。

然後，我看著還在睡覺的孤貓，他們完全沒有異樣，都在安靜地呼呼大睡。

夢境總是反映著現實，我的生活已經離不開牠們九隻貓，也許，夢見牠們都是很正常的事。

我不太相信夢是可以預測未來，當中一定有自我的潛意識，比如我想念一個人，不是那個人將會在未來出現，而是我一直也想著他。

「先去刷牙吧。」我走入了工作室的洗手間。

還未完全睡醒的我看著鏡子中的自己，好像有什麼不同了，我傾向前再看清楚一點。

「我好像……變瘦了。」

睡了一覺就變瘦了？世界上有這麼便宜的事嗎？

我再認真看清楚，我被右手手上的東西吸引。

「等等……」

我的右手正戴著一條手繩，手繩是由人手織出來的，而在手繩上的一個小吊牌中刻上了一個字……

「借」！

我的頭突然出現劇烈的痛楚！

「呀！！！！」

孤貓聽到我大叫，一起走到洗手間的門前！

我的汗水滴在地上，我看著把我包圍的九隻貓，他們用一個奇怪的眼神看著我……

等等……我的錶呢？

為什麼錶不見了？我從來不會在工作室脫下手錶的！

「是豆豉！手錶在豆豉手上！不……不是在發夢！手繩……手繩……是瞳瞳織給我的！」我看著異色瞳的她。

我的頭依然很痛，不過，我已經記起了我的「夢」！

不！不是夢！

我記起了我一直以來的經歷！

我跟變成人的孤貓所有的經歷！

二話不說，我立即走出洗手間一手抱起了瞳瞳，她還在喵喵的叫著。

我記起了最後的畫面，我雙手染滿了鮮血，拿著那個刻上文字的盒子！

「究竟……發生了什麼事？」

我走向了書桌，拿起了手機看日子。

今天是……星期一！

而不是星期五！

腦海中一片混亂，完全不知道發生了什麼事！

我坐到地上，僖僖在我的腳邊磨蹭，我摸摸她的頭，她就是……那個跟豆花四處冒險的僖僖。

「你們可不可以跟我說，究竟發生了什麼事？」

九隻孤貓只是呆呆地看著我，牠們根本就不明白我在說什麼，就算知道，我也聽不懂牠們的說話。

「慢慢來……想清楚……我明明就在一個文明崩潰的世界……」我雙手插入了髮根。

今天是星期一，而不是星期五，這代表了什麼？

我在那個世界中，得到了那個盒子，然後，我就沒有了記憶，就好像……

我好像……

回到了過去一樣！

CHAPTER 05

博物館

Museum

06

我把書櫃上所有我自己寫過「時空」的書拿下來看，當中包含了*《戀愛崩潰症》、*《教育製道》、*《外星生物》、*《劏房》等等。

一直以來，我寫過很多有關「時空」的故事，沒想到，現在會於現實中發生。

我在地上鋪滿了紙張，我在紙張中寫出了發生了所有事！

「豆腐，別要躺在紙上，我要拿那張紙。」我跟她說。

我拿起了那張粘著白色貓毛的紙張。

「假設，一切發生的事都是真的，而不是夢……」我看著紙上錯綜複雜的線：「我真的經歷過世界末日的世界，然後，在我得到了那個盒子之後，我回到了本來的時間線。」

我在紙上繼續畫，豆豉走了過嗅嗅我的筆。

時間線一：從星期五開始，世界已經被病毒摧毀，而「我」在五天後，經歷貓變成人、到處都是變異種的世界。

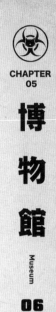

時間線二：從星期一開始，我睡醒後世界沒有什麼改變，過了一個晚上來到星期一，一切如常的過著，貓沒有變成人，世界如常地運作。

現在我就在時間線二。

如果時空的假設成立，這樣代表了……我曾經去過「時間線一」……

我看著手臂上的手繩，肯定了這一切都不是我幻想出來的，的確是真真正正在我身上發生過的事。

我當然有寫過「平行時空」，不過從來沒寫過不是「平行」的時間，而是「五天後」的平行時空！

「五天後的平行時空」！

不知道是什麼原因，我一覺睡醒去到了五天後的世界，然後經歷了另一個五天後的平行時空。

這是最合邏輯的「假設」。

「如果真的是這樣……」我看著在打呵欠的豆奶：「五天後，時間線二的平行時空會不會變成時間線一一樣，世界被病毒摧毀？！」

豆花用她的大眼睛看著我。

「不……不會吧……」

如果我已經經歷過一次五天後變異的世界，我是不是可以阻止這一切發生？

但問題是，我要如何去阻止？我只是一個平凡的小說作家，我根本就沒有任何的能力。

此時，夕夕走到我面前坐了下來，牠一直在看著我。

「大佬夕……」我看著牠：「你是不是想跟我說什麼？」

此時，哥哥妹妹也走了過來，牠們走到夕夕身邊躺了下來，同時看著我。

我不會忘記，變成人類的他們，一直為著人類與備類的未來而奮鬥，生活得有多艱難，他們也沒有放棄想改變那個崩潰的世界。

「我明白了，我會想想方法。」我跟牠們說。

養貓的人應該跟我一樣，無時無刻在跟貓說話，就好像在自言自語一樣，牠們就像是要讓我回答本來就有答案的問題。

跟牠們說話，就好像給自己一個答案一樣。

「而且，我不想再經歷多一次……變成變異種。」我苦笑。

現在，只有一條線索，就是那個放在博物館的盒子。

本來今天我就想去歷史博物館，現在正好多了一個「任務」。

我站了起來看著九隻孤貓。

看來，在這個時空你們沒法幫助我了！

我只能一個人解決這個問題！

＊《戀愛崩潰症》、《教育製道》、《外星生物》、《劏房》等等有關時空的小說，詳情請欣賞孤泣作品。

CHAPTER 05 博物館 Museum 07

我再次來到了歷史博物館，不同的是，這裡沒有噁心的飛蟑螂人在門外。

我很快已經來到了三樓，古埃及展覽廳。

奇怪地，在我腦海中，時間線一經歷的事都愈來愈清晰，唯獨在歷史博物館最後的一幕回憶卻非常模糊，我只記得雙手染滿鮮血，表情非常痛苦。

假設，這個奇怪的盒子跟我回來「時間線二」有關，它一定跟世界與文明崩潰有關。

現在不只是因為平行時空的「時空」問題，再加上了回到過去的「時空」問題，更加複雜。

「時間線一」是去到另一個平時空的未來，之後，我又回到「時間線二」的過去，如果是這樣，已經不只是兩條時間線，而是……「四條」。

「媽的，愈來愈複雜了。」

我停下了腳步，看著前方的那個聖書體的盒子，沒錯，就是這個盒子。

它被一個玻璃幕蓋著，還有，讓它顯得更矜貴的射燈。

我看看四周，因為是早上，而且是上班時間，完全沒有其他訪客，更奇怪的是，就連保安員也沒有。

我要怎樣把它拿走？我嘗試托起那個玻璃幕，可惜我連把它移動也移動不了，就算真的可以移開，也許會響起保安鐘。

不行不行，是先切斷保安鐘的電源？還是強硬打破玻璃幕？

就算最後被捕也沒所謂，因為現在我是在……拯救世界！

「呼……」

其實我已經做好了心理準備，從背囊中拿出一個帶來的士巴拿。

「拿走了，立即逃走！」我跟自己打氣：「沒問題的！」

我來到博物館前，已經看了網上博物館的平面圖，規劃了逃走的路線，或者，我真的可以成功也不定呢。

「好了！」

我準備用力揮動士巴拿之際，突然有人從我身後說話！

「你這樣只會被人捉去坐牢，什麼也做不了，更何況……」他走向我：「要拯救世界？」

拯救世界？他怎樣知道的？！

我立即回頭看！

「初次見面，梁家威，你好。」他笑說。

什……什麼？！

什……什麼？！

怎會……怎會這樣？！

我們的確是第一次見面，不過，我絕對不會不知道他是誰！

絕對絕對絕對絕對絕對絕對認識「他」！

「我知道你有很多很多問題，咳咳，不過，如果你打破玻璃，然後被人捉走，我也沒法回答你的問題了。」

他拿著拐杖，慢慢走向我。

我下意識只能退後！

然後他拿出了一個像車匙的按鈕，按下。

玻璃箱緩緩地上升！

沒有任何的警號，也沒有任何的保安員，那個聖書體就在我的面前！

「我找這個懷舊的按鈕找了很久，真落後呢。」他說。

什麼「懷舊按鈕」？！我完全一頭霧水。

「閉路電視也暫時關閉了，也沒有其他人，這代表了，你可以把這個盒子拿走。」他輕鬆地說。

我看著那個盒子。

「現在，你最重要的就是……逃走。」他說：「你要快，十秒後，因為閉路電視關閉，這裡的保安員會來檢查。」

逃……逃走？！我怎樣逃走？

「你不是已經規劃了逃走路線嗎？還用問？」他知道我的想法。

我看著他，然後再看一看那個盒子……

我二話不說，立即拿走了它然後……逃走！

我立即向防煙門逃走！就在我離開展覽廳門的一刻，我回頭看。

我腦海中一片混亂，完全不知道發生了什麼事……

「那個人」……消失了。

或者，在我身上發生的事，都是跟「他」有關係！

現在已經不能想太多，最重要是……

逃走！

……

…

．

晚間新聞。

「今天早上，歷史博物館被盜去一個古埃及的盒子，警方稱還未找出盜竊的賊人，而且也不知道他是如何打開上鎖的玻璃箱，將會繼續跟進事件……」

新聞出現的圖片，就是那個……

聖書體盒子！

世界末日還有貓
01

THE END
第二部待續